転生して捨てられたけど、女嫌いの公爵家嫡男に気に入られました

Characters
ヴィンスレット
大の女嫌いとして
有名な公爵令息。
『氷の貴公子』とも
呼ばれている。
ノエル
転生し、莫大な魔力を
手に入れた主人公。
明るく、元気溌溂と
している。

リーンハルト
ノルシュタイン王国の
第一王子。
柔軟な思考の持ち主。
ミリア
ノエルの親友。
おっとりした
伯爵令嬢。
リーゼロッテ
ノエルの親友。
勝気で努力家な
公爵令嬢。
ルイ
ノエルの後見人。
正義感が強い
騎士団長。
リリア
ノエルを邪険に
している。
自己中心的でわがまま。

目次

転生して捨てられたけど、女嫌いの公爵家嫡男に気に入られました

プロローグ

苦しい……暗い……誰か、ダレカ……

タスケテ……

クルシイクルシイクルシイクルシイクルシイクルシイクルシイクルシイクルシイクルシイクルシイ……

コワシテヤル……

世界から明かりが消えたころ、かつて栄えたある国の跡地で、鈍く、怪しく光る黄色くよどんだふたつの玉が浮かんでいた。

しかし、それを見た者はいない。

見た者がいたとしても、なんにもならないだろう。

◆　◆　◆

迫り来るトラック、衝撃、からの暗転。

来るはずの痛みがなく、固く閉じていた目を開けると、あたり一面真っ白だった。

『はじめまして、北野優子《きたのゆうこ》さん。私は女神です』

うしろから声をかけられ振り向くと、発光している美女が立っていた。

「えっと……誰？　女神って何？　そういうイタい人か何か？」

疑わしくてジロジロ見るも、自称女神は白い服を着たただのきれいな光る人にしか見えない。私、夢でも見てるのかな。

『ち、違います、イタい人じゃないです！　ほんとに女神なんですよぅ。ほら！』

そう言って自称女神様は光量を落とし、自分の背中に生えている羽を見せてきた。まぶしくて見えなかったが、よくよく見ると、頭に輪っかもついている。

「本当の本当に女神様？　どちらかと言うと、天使要素が強いけれど……？」

『女神です！　もー……コホン。えー、話が逸れました。優子さん、あなたは死にました』

……そうだ。たしか、久しぶりに定時で上がれて、職場近くのスーパーで買った焼き鳥と缶ビールの入った袋をぶら下げて家に帰る途中だった。

その道中、歩道に突っこんだトラックに小学生くらいの女の子が轢かれそうになった。

それをブラック企業勤めの万年運動不足アラサーＯＬにしては素晴らしい、近年稀に見る反射神経と火事場の馬鹿力で、あの女の子をぶん投げて助けたのを思い出した。

『どうやら覚えているようですね。実はあなたが庇ってくれた少女は、最高神が数百年に一度転生した姿だったのです。あのとき車に轢かれて死んでしまっていたら、世界の均衡が崩れ、滅亡の可能性もありました』

　女神様の言葉に驚愕した。

だって、てことは……私、死に際に世界を救った英雄になったってことでしょ？

死んじゃったのは悲しいし、両親には辛い思いをさせてしまうけど、何も成せずに死ぬより最期に誰かを救えたならよかった。

『天界の者たちで話し合った結果、命と引き換えに最高神を守ってくれた功績を称え、感謝の意をこめてあなたを転生させることにしました』

「え、まさかの第二ラウンド？」

　天国でいい待遇をしてもらえるとかだと思ってたけど、まさかの最近流行りの異世界転生パターン？

　でも、あれってガチャ要素強くない？

どこへ行っても日本より治安悪そうだし、よくある異世界って文明レベル低いし……大体能力チートあるけど、逆にそれがないと平和ボケした日本人なんてすぐサクッと殺《や》られるでしょ。

『もう一度同じ世界に転生となると、人間ではなくなってしまうので、別の方が管理する世界に転生していただくことになります』

「えっと、参考までにどんな世界か聞いてもいいですか？」

『あなたを転生させる世界は簡単に説明しますと、まず魔法があります。魔物などもいるので脅威はあります。文明レベルは地球でいう中世ヨーロッパのような感じですね。最近流行りの異世界ものを想像するといいかと思います』

やっぱり、異世界転生ものだ！

「拒否権ってありますか？　普通に天国で悠々自適に暮らす、とかがいいんですけど……社会人になってからろくに休めた試しかがないし」

『実は、あなた方人間の言う天国と呼ばれる場所は存在しないのです。死後、魂は今回のような例外でもない限りすぐに輪廻の輪に送られ、順番に生まれ変わります。拒否は、うーん……』

そういうと、女神様は悩むそぶりを見せた。

『できれば受け入れていただきたく……その、上からの命令には逆らえなくて……』

申し訳なさそうに言う女神様は、職場での自分を見ているようでなんとも言えない気持ちになる。

「わかりました。転生します。魔法って私も使えるんですか？　さすがに今のまま転生ってことはないですよね？」

『はい。優子さんにはその功績に見合った能力、容姿を用意しています。ただ、ひとつだけ申し訳ないことがあって……』

「申し訳ないこと？」

『私たち神は転生時の始まり、つまり転生場所だけは決めることができないのです。完全ランダムとなっています』

「何その仕様。容姿とか能力は設定できるのに、なんでそこで運なのよ」

『申し訳ありません』

女神様はペコペコと謝罪をしてるけど、この人が一番上じゃないみたいだし、ここでごねたところでどうにもならない。

「できないものはしょうがないので大丈夫です」

『ご理解感謝します。では、最後に質問などはありますか？　あ、そうだ。ちなみに五歳で記憶が戻ります』

「わかりました。質問は……特にないです」

『では転生していただきます。改めて、天界を代表して御礼申し上げます』

ここまできたら腹を括るしかない。

今回はのんびり自分の好きなことやって生きたいな。

女は度胸！　頑張れ私！

女神様が深々と頭を下げる姿を見たのを最後に、私は再び意識を失った。

第一章　転生と名前

ガタンゴトンという揺れで目を覚ますと、どうやら檻の中にいるようだった。

周りを見ると五、六歳の少女たちが鎖に繋がれ、泣いている。

「かわいそうになぁ、お前らはもう二度と親に会えないんだぜ！　子どもだけで出歩かなかったら俺らみてぇな人攫いに捕まることもなかったのに！」

ニヤニヤしながら見張りの男が言った。

「なんだぁ、ガキ。お前はほかの奴と違って親に売られたんだぜ。ヒヒッ。お前は見た目がいいからなぁ。高値で変態貴族どもが買ってくれるだろうよ。よかったなぁ、少なくともここにいる奴らよりはいい暮らしができるぜ。それが幸せかどうかは別としてなぁ！」

男はゲラゲラ笑って元いた場所に戻っていき、少女たちが逃げ出さないように見張っていた。

嘘でしょ!?　スタートは選べないって言ってたけど、まさかの親に売られて奴隷なんて。運がないにもほどが……

鎖で繋がれているから逃げられないし、武器なんてものもない。この子たちを連れて逃げられるわけもないし、どうしたらいいの……？

とりあえず落ち着け私。泣きたいけど、泣いたって意味ない。

とりあえず五歳以前の記憶を思い出してみよう。もしかしたら魔法の使い方とかわかるかも！　そしたら助けを呼べるかもしれない！

うんうん唸って思い出してみる。

……うーん、ろくな親じゃないな。

産んだはいいけど、私が両親どちらの色も持たなかったから、名前もつけないまま、売れる年齢になるや否や人攫いに売り払った。血が繋がっているのが恥ずかしいクズだ。

売られる前、近くの水場で見た私の今世の容姿は、栄養失調でガリガリだったけれど、素地は良さそうだった。

くすんでいるけど、髪の色は前世ではありえない銀色。光を受けてキラキラと金色に輝く瞳はクリっとした猫目。

対して両親は村に多い茶色い髪と瞳をしていた。記憶の中のふたりはいつも喧嘩をしていて、私の存在を疎んでいた。よし、私を捨てた親のことは忘れよう。もう関係ない。

今はこの状況から一刻も早く助かる方法を考えないと！　生まれ変わったら奴隷でした、とか冗談じゃない！

だけど、どれだけ記憶を掘り起こしても魔法の使い方はわからない。

ふと、外が騒がしいことに気づいた。同じ檻に入れられている少女たちも縮こまっている。

突然、薄暗かった周りが急に明るくなった。そして、あの気持ちの悪い人攫いの怒声が聞こえてくる。

「何があった！　まさか……王国騎士団か⁉　くっそ、忌々しい国の犬どもめ！　どこまでも追ってきやがる！」

「見つけたぞ、捕えろ！」

ほかの少女たちと身を寄せ合いながら外の様子を窺っていると、何度か金属のぶつかり合う音がした。そのとき見えた血に思わず顔をしかめてしまったが、驚いたことに、特に気持ち悪くなったりはしなかった。

女神様の特典のおかげかな？　と思っていると、人攫いはみんなお縄についたのか、騎士服を着た人たちが私たちを解放してくれる。

どうやら私たちは荷馬車に乗せられていたようで降りてみると、盗賊のような格好をしていた人たちが縄で縛られて捕まっていた。そこにはあの気持ち悪い人攫いもいて、うなだれている。

騎士に先導されて、今までのものよりも広くてきれいな馬車に乗り、少し離れたところにある村まで連れていかれた。捕まっていた少女たちはみんなこの村の出身らしく、それぞれ自分の家族のもとへ帰っていく。

泣きながら再会を喜んでいる家族をぼうっと見る。

すると、不意に視界に茶髪の騎士が入ってきた。

あ、この人さっき荷馬車に乗りこんできた人だ。意志の強そうな赤銅色の瞳が印象的で覚えてる。

それにこの人だけ制服？　がほかの人より豪華だから、きっと偉い人だ。

「君は家族のところに行かないのか？」

私の前にしゃがんだその人はそう聞いてきた。

うーん正直に言ったほうがいいよなぁ、これ。だけど、いないって言ったら私、どうなるんだろう。孤児院とかに入れられて仲良くやっていけるかな？　でも正直に言うしかないよなぁ……

「あー……私、家族いないの」

「亡くなったのか？」

「違うよ。売られたの」

「何!?　あの組織の余罪を詳しく調べる必要がありそうだな……」

茶髪の騎士は驚愕すると、少し離れたところに集まっていたほかの騎士のほうに走っていった。

そして何かごにょごにょと話し合っていたが、やがてこちらへ戻ってきた。

「君、名前は？」

再び目線を合わせて質問してくる。

「……」

どうしよう。前世の名前で答える？　でも、明らかに洋風な世界と容姿でユ、ウ、コ、はどうなんだ？

なんかもうちょっと西洋感のあるカタカナの名前……

ダメだ、思いつかない！

「どうした？」

「私、名前ない」

もう、この人が私に名前つけてくれないかな。優しそうだし、頼んだら頑張って考えてくれそう。

「そうか……なら、一度一緒に来てくれるか？　我々騎士団が君を保護しよう」

「え？」

孤児院に入れられるとかじゃなくて、一旦保護なの？

困惑している私をよそに、再び馬車に乗せられる。そしてガタゴトと揺れる馬車にだんだんと眠気を感じ、いつの間にか眠ってしまっていた。


ガタンという大きな馬車の揺れで目を覚ますと、巨大な門が見えた。

尋ねると、あれは城門だと教えてくれる。円形都市である王都に入る際に通る必要があり、よっつの入り口のうち、東門から入ると騎士団の本拠地に一番近いらしい。

そのまま石畳を進むと、どうやら目的地の騎士団に到着したようだった。馬車から下ろされて、たくさんの騎士の視線を感じながら、茶髪の騎士に手を引かれて執務室と書かれた部屋に入った。

もうひとり入ってきたのを確認すると、私をここに連れてきた騎士は口を開いた。

「自己紹介が遅くなってすまない。まず、俺は第一騎士団団長のルイ・ヴェルエスだ」

どうやらルイさんは騎士団長だったようだ。

「僕は、レイファス・ブルドン。副団長を勤めております」

ルイさんが熱血系お兄さんなら、レイファスさんは優しげな雰囲気のお兄さんだった。

薄めの金髪にラベンダー色の瞳で、全体的に色素が薄くて儚い印象を受けるけど、騎士団の副団長ってことは強いんだろうな。レイファスさんは脱いだらムキムキなタイプと見た！

「さっきも言ったが、君をここで保護することになった」

「わざわざ保護してくれるの？」

「身寄りのない子どもを放置したりしないさ。それに、その容姿だといろいろと危険もあるだろう」

「私、気持ち悪い？」

この世界の基準だと、私の容姿はひどいのかと不安になってしまう。

「そんなことないさ。とても、その……可愛い」

イケメンの照れ顔可愛い！

「知らなかったのですか？」

「ガリガリだし……」

ふたり揃って気の毒な様子で私を見ているけど、気にしないでほしい。これからいっぱい食べたらいいので。

「んん、話を戻すが、これからは騎士寮で暮らしてもらおうと思う。これから何をして生きていきたいか、ゆっくり決めればいい。俺が一応保護者になるから相談があれば乗るぞ」

ルイさんが咳払いをして話を戻すと、そう提案してくれた。

「僕のほうがルイよりいいアドバイスができると思うので、ぜひ僕にも相談してくださいね」

「うん！」

この世界のこと、自分のこと、私は何も知らないから、親切な大人が近くにいてくれるととっても助かるな。

「それにしても名前がないのは不便だな」

「そうですねぇ……」

そういえば、名前ないんだった。大人ふたり組はうーんと悩みこんでいる。これは、考えてくれてるのかな？

「ノエル、とかどうだ？」

「おぉ、ルイにしてはセンスがいいですね」

「ノエル！　私の名前……」

私は記憶が戻る前も含め、この世界に来てから初めて自然に笑った気がした。名前がもらえてうれしくてニマニマしていると、ルイさんが私の頭をなでながら言う。

「じゃあ、お前の部屋に案内するぞ。っと、その前に、お前のステータスをよかったら見せてくれないか？」

「ステータス？」

「あぁ。『ステータス』って唱えると出てくる。基本本人にしか見えないが、『ステータス開示』と唱えるとほかの人にも見えるようになるぞ」

おお、異世界の定番だ！　この世界にもそういうのあるんだ！

「なるほど。『ステータス』」

唱えてみると画面が出てきた。私のステータスはこうだ。

［名前］ノエル
［性別］女
［年齢］5
［種族］人族
［称号］女神の恩人、転生者、愛される者
［加護］神々の加護
［ＨＰ］31000／34000
［ＭＰ］500000／5000000
［スキル］五属性魔法、無属性魔法、魔法創造、鑑定、破壊魔法（ユニーク魔法）

……うん。見事なチート。スキルやばいでしょ。

しかも破壊魔法って何？　めちゃくちゃ物騒なんだけど！

遠くで「奮発しました！」と女神様の声が聞こえた気がした……

「ノエル？」

「あ、えっとー……」

「嫌なら見せなくても大丈夫ですが、今後のことを考えると……」

私の微妙そうな顔を見て、レイファスさんがそう言ってくれた。とはいえ、やっぱり見せたほうがよさそうだし……

「ううん、見せる。大丈夫」

異世界お決まりのアレをやればいいのだ！

そう、隠蔽！　さすがにまだ転生者の称号は見せられない。ということで、少しステータスをいじってからふたりに開示する。

「……こりゃすごいな」

「……ですね」

困らせているのを感じて、体がこわばる。前世と合わせるとそれなりの年齢だけど、精神年齢が体に引っ張られているみたいで、記憶を取り戻す前の幼い私が顔を出した。

困らせてごめんなさい。捨てないで。嫌わないで。

いろんな言葉が喉につかえて出ていってくれない。何か言わなきゃと焦れば焦るほど何も言えなくなって、涙で視界が滲んで下を向いてしまう。

「ごめんなさい……捨てないで……」

やっと出た言葉に、難しい顔をしていたふたりが驚いてこちらを見る気配がした。

だけど、五歳以前に両親から向けられたあの嫌悪感、今もふたりからいろんな負の感情がこもった目で見られてるかもしれないと思うと、怖くて顔を上げられなかった。

うつむいていると、ふわりと頭に温かいものが乗った感触がした。

顔を上げると、ルイさんが手を伸ばして頭をなでていた。レイファスさんも優しい笑顔で私を見ている。

「大丈夫だ。俺たちはお前を捨てたりなんかしない。お前を気持ち悪いなんて思ったりしない。大丈夫」

その言葉で拒絶されていないことがわかり、うれし涙がポタポタとこぼれ落ちる。

ふたりは何も言わず、私が泣き止むまで頭をなで続けてくれた。

やっと涙が止まると、私は自分を買った犯罪組織について教えてほしいと頼んだ。

ふたりが顔を見合わせてどうするか迷っていたから、なんとか説得すると、五歳児にもわかるように言葉を選んで答えてくれた。

話をまとめると、都市部からそれなりに離れた村の子ども、それも少女ばかりが行方不明になっていたらしい。攫ったとされるのはカーネスと呼ばれる犯罪集団。逃げ足が早く、なかなか捕まえることができなかった。

被害が都市部まで広がる前に捕まえるため、ルイさんたち王国騎士団の第一騎士団が捜索に当たっていた。それまでの犯行がもっと計画的だったのに対して、今回は至るところに痕跡があったため、すぐに捕縛及び少女たちの救出に向かうことに。

結果は全員無事。

犯罪集団《カーネス》のうちひとりは重傷だが、捕縛後すぐに手当てをし一命を取り留めたそうだ。

そのあとは私も知っている。攫われていた少女たちはみんな無事に親元に帰れた。

「まあ、ざっとそんなところだ」

話し終えたルイさんは息をつく。そしてまだ五歳の少女が話の内容をすべて理解したことに、とても驚いているようだ。

「それにしてもステータスは……。まだ五歳だからもっと伸びるだろう」

これ以上伸びる必要なくない？　って正直思ってしまう。

それが顔に出ていたのか、ルイさんも苦笑している。

「こんなに高い能力を持っていることがバレれば、クソみたいな貴族に利用されるかもしれないな」

「えっ……⁉」

今世は自由に生きるって決めたのに！

レイファスさんの言葉に思わず頭を抱えてしまう。

その姿を見たルイさんたちは、私の意思を最大限尊重すると約束してくれた。これから孤児院に行くか、このままお手伝いさん的な立ち位置でここに住みこむか、私が自分で決めていいらしい。

王宮への報告も、身元不明の少女を保護したということだけ伝えたそうだ。

なんでここまで優しくしてくれるのかはわからなかったけれど、まだひとりでは生きていけないのは事実だし、少しふたりに甘えようと思う。

第二章　訓練スタート

「知らない天井だ……」

思わずぽつりとつぶやいた。だるい体に鞭打って起き上がってみると、これまた知らない部屋だ。どこここ？

……あ、昨日保護されてここに来たんだった。いろいろ話を聞いたあと、疲れて眠っちゃったんだな。

まあ、転生初日？　からいろいろあったからな……

今世ではこんなふかふかのベッドは初めてだなぁ、なんて考えながらぼーっとしていると、ドアをノックする音が聞こえた。

「はーい」

「俺だ。起きてるか？」

入ってきたのはルイさんだった。持っているお盆には、パン粥の入ったお皿がのっていた。

「食事を持ってきた。動けるか？」

「大丈夫」

ルイさんが持ってきてくれたご飯を食べながら、これから自分はどうなるのか聞いた。好きにしていいらしいから、剣稽古をつけてもらうことにした。

やっぱり身を守る術は身につけておくべきだよね。

勉強はレイファスさんが教えてくれるらしい。レイファスさんのほうが頭いいし、わかりやすいだろうって。

思わず、だろうね。って言いそうになった。だってルイさんは脳筋って感じなんだもん。団長だし、貴族らしいし、頭は悪くないんだろうけどさ。

そんなわけでレイファスさんが一般常識や歴史や魔法を、ルイさんが剣を教えてくれることになった。

魔法かぁ……ついに異世界って感じがしてきた！

ワクワクが顔に出ていたのか笑われてしまう。恥ずかしかったのでむすっとしていると、大きな手のひらで頭を少し乱暴になでてくれた。

私はその温かい手がうれしくてうれしくて、しかたがなかった。


保護されてから一か月が過ぎ、今日から本格的な勉強が始まった。

最初は簡単な一般常識からだった。王族の話、貴族の話……そういうの。私は平民だし、あんまり関係ないけど、知っておいて損はないよね。

あとはお金。前世のお金と照らし合わせると、小銅貨が十円、銅貨が百円、そのあと銀貨、大銀貨、金貨、大金貨、白金貨と続き、ゼロが一個ずつ増えていく感じだった。覚えやすくて助かる。

私が理解できていると早々に認識してからというもの、レイファスさんの説明の仕方は幼児向きではなく、それなりに教育を受けた子ども相手のそれに変わっていた。

次に、この国の歴史を教えてもらった。

この国はノルシュタイン王国という名前らしい。

かつて大陸中を巻きこんだ戦争があり、当時小国であったノルシュタイン王国は周りの国と手を取って、戦争を始めた帝国を討ち、平和を取り戻したと言う。

そのとき、疲弊した国を元の豊かな国に戻すため、そして民を飢えから救うために、当時の国王は精霊に豊穣を願った。その国王は精霊の愛し子だったらしい。

「精霊！　私も会える？」

「素質があれば精霊を見ることはできますよ。庭園や森など、自然が多い場所に行けば会えるでしょう」

「すごい、会ってみたいな～」

だって精霊だよ？　ファンタジーの定番でしょ！

また、王宮には、精霊と契約するとなれる『精霊術師』という役職の人がいるようだ。

契約した精霊によって仕事がだいぶ違って、魔物狩りのような戦いから地質調査みたいな調査研究など幅広い役割を担っていて、王国の人気職のひとつらしい。

歴史のあとは魔法のお勉強。

主に火、水、土、光、闇の五属性があり、闇と光はレアなんだって。そして上級魔法といって、ふたつ以上の属性を極めることで使えるようになる雷、風、氷の属性もあるとのこと。

また、魔力が少なくて魔法が使えない人や属性が少ない人は、魔法をこめた魔石を使って生活しているらしい。

あと、五属性や上級魔法に分類されない無属性魔法やユニーク魔法がある。

無属性魔法は身体強化や索敵とか、魔力の多さによって容量が決まるアイテムボックスなども含まれる、魔力さえ持っていれば使える魔法。

一方、ユニーク魔法はテイム魔法とか、持っている人が限られていて後天的に身につくことはない魔法。職業を選ぶ際にひとつの指標にもなる魔法の類だ。

ステータスを見る限り多分私は全部使える……

改めて自分のチートっぷりを思い知った。

魔法を使うための基本中の基本である魔力操作のやり方を教えてもらう。

目を閉じて、身体中を魔力が循環しているイメージを持つ。そうすると、だんだん体がポカポカしてきた。

「それが魔力です。常に循環するイメージを持ち、そのポカポカを忘れずにいてくださいね」

コツを掴んだら危険度の低い水と土を教えてもらった。

体を流れる魔力がそのまま手のひらから流れ出るイメージで、魔力を回してみる。うんうん唸りながら念じるように手のひらに魔力を集めると、

「で、出た！　水出た！」

ちょろちょろではあるものの、水が出た。なんかすごい感動する。

コツを掴むのが結構早かったのか、レイファスさんも目をまんまるにして驚いていた。

この世界の大多数の人は一属性、多くて三属性までしか使えず、それは生まれたときから決まっていて増えることはないそうだ。だから三属性あれば平民でも王宮で『魔法師』として働けるらしい。

レイファスさんは水しか使えないから、土属性を使える団員さんが来て教えてくれた。これが意外と難しい。

土＝個体ってイメージが頭から離れなかった結果、うまく土魔法が発動できなかった。

だってさ？　水は流れを意識すればいけたけど、土ってどうイメージすればいいの？

「うーん、土属性は持っているようだから使えるとは思うんだけど……あ、そうだ！　地面に手をつけてみて。そのまま地面の土に干渉する方向で感覚を掴んでみよう」

「はい！」

両方の手のひらを地につけて魔力を流しこんでみる。ひたすらに流し続けると、少しずつ魔力が土を覆い始めた。このままこの魔力で土を包んで宙に投げる！

「てや！　あ、できました！」

ボコ！　と大きな音を立てて、土の塊を放り投げた。

水属性みたいにスムーズではなく、苦戦したこともあって、思わずはしゃいで団員さんとハイタッチする。その様子をレイファスさんが微笑ましそうに見ていることに気づき、恥ずかしくなってしまった。前世を合わせると、多分私のほうが年上……

「いいですか、ノエル。魔法はイメージが一番重要です。イメージが強固なものであればそれだけ強い魔法を使うことができます」

「呪文とかいらないの？」

「呪文はあくまでも補助。なくても発動できますよ。ただそのためには、使いたい魔法のイメージを強く保つことが必要です。これはかなり難しく、今王宮にいる魔法師でも、少なくとも一節は詠唱が必要です」

呪文ってなんか恥ずかしいから目指せ無詠唱！　もしくは技名だけ！


初めて魔法を使ってから一年と少し。

なんと全属性ちゃんと使えるようになりました！

水と土をマスターしたあと、次に私が取り組んだのは光。光属性は主に回復とか解呪とかだった。光属性を極めると完全回復《パーフェクトヒール》が使えるようになって、死んでなければどんな怪我でも治せるんだって。

ここで役に立ったのは日本人だったときの記憶だ。理科の授業で体の仕組みを習っていたから、すぐにコツを掴んでできるようになった。

というのも、光属性による回復魔法は体の構造を理解したうえで、怪我をした箇所に魔力を流す必要があるからだ。

ただ、練習は怪我人相手ではないとできないので、訓練で怪我した団員さんを回復させることで魔法の練度を上げている。なんでもルイさんたち王国騎士団と王宮魔法師《おうきゅうまほうし》は仲が悪く、訓練でできた小さな怪我にはわざわざ回復魔法をかけてもらえないらしい。かと言って、教会で治してもらおうとするとお金がかかるので、自分で手当てして治るのを待つしかないそうだ。

今この国に光属性が使える人は十人いるか、いないか、らしい。少ないね……

一応この世界にもポーションはあるみたいだけど、残念なことに、吐きそうなほどまずいらしい。私も試しに低級ＨＰ回復ポーションを飲んでみたら、あまりのまずさに吐きかけた。意地でも出さなかったけど。

それから続けて習得したのは、闇。

闇っていうと負の印象がどうしても強くて、何ができるのか早めに知っておかないと怖かったんだよね。やっぱり知らない力って、何をしてしまうかわからなくて恐ろしいから。

どうやら闇属性は呪とかができるから畏怖の対象になっていて、それを理由に隠している人が多く、ほかの属性に比べて研究があまり進んでいないらしい。

でも、使っていく中で意外と使い勝手がいいことがわかった。

……実は闇属性、影を操れるんです！

この魔法があれば、狩りのとき獲物を安全に捕まえられるから便利！

あとは自分よりレベルの低い魔物や魔獣を使役できる。これは、一方的な契約はできないテイム魔法とは違って、隷属扱いとして問答無用で配下にできるというものだった。

このふたつを習得したあと、残りの火属性と雷、風、氷属性の上級魔法も習得した。

魔力が多いと、一回に使う量をかなり注意しないといけなくて感覚を掴むのが大変だった。

お気に入りは氷魔法。これでお花とか作るときれいなんだよねぇ。

氷魔法で作った髪飾りに、溶けたり簡単に壊れたりしないように無属性魔法の一種である固定魔法をかけて、髪留めとして使っている。髪が長くて剣の稽古のとき邪魔だったんだよね。

私は桜が大好きだったから、デザインを悩み抜いて、桜をモチーフにした可愛いのを三日かけて作ったんだ！

満足のいく一品ができたことがうれしくてルイさんとレイファスさんに見せたら、めちゃくちゃ抱きしめられてちょっと苦しかった。

もちろん剣の稽古もしてたよ？

最初は、魔法の訓練と並行してやろうと思っていたけれど、あまりの大変さに断念。先に魔法の訓練をして、ある程度上達してから剣の訓練を始めた。

最初は体力作りと素振り。

ずっと木剣を型通りに振り下ろすだけ。何か月も経ってやっと体に型が染みついたら、あとは実践あるのみということで、手加減ありの手合わせをひたすら続けた。

途中から成長速度アップの魔法を作ってみた。ちょっとズルかな？　って思ったけど、いつまで保護してくれるかわからないし、早く自立できるに越したことはないからね。

そして、保護されてからいつの間にか二年の月日が経っていた。


私は今、教会へ来ています。

どうして急に教会に行くことになったかと言うと、遡ること二日前。


『ねえルイさん』

『どうした？』

私はルイさんの執務室に遊びに来ていた。いつでも来ていいって言われてるしね。

私が来たことでルイさんも休憩タイムに突入。ルイさんの膝の上に乗ってクッキーをもぐもぐ。

精神年齢は結構いっているけど体は七歳児だからいいのさ……気にしたら負けだ。

危ない。思考がずれてた。

『教会に行ってみたいです』

話を戻す。これが私がいきなりルイさんの執務室を訪ねた理由だった。

『どうして急に？』

『この前街へ遊びに行ったときに教会の前を通って、そういえば王都に着いてから一度も、というか、生まれてから一度も教会という場所に行ったことがないのに気づいたの。だから一回くらい行っておいたほうがいいのかなぁって』

別の世界のとはいえ、私は神様によって転生できたのに、一度もお祈りに行かないのもどうかと思うでしょ？　とは言えない……

『あぁ、そうか。たしかに一度行ってみるといいだろう。明後日なら時間が作れるから一緒に行くか？』

『行きます！』

そういうわけで教会へ行くことが決まった。

「うわぁ～きれい」

ステンドグラスがキラキラ光っているきれいな教会だった。さっき会ったシスターさんも優しそうな人だったな。

この世界の創造神は男の神様のようで、大きな像が飾ってあった。その前にルイさんと跪いて祈る。

すると急に周りがまぶしくなり、思わずぎゅっと瞼を閉じた。

そしてゆっくり目を開くと、私は真っ白な場所に立っていた。

「どこ……ここ……？」

「初めまして、ノエル」

「誰!?」

わお、イケメンだ！　逆光みたいになっててちゃんとは顔見えないけど、イケメンだって私の魂が言ってる。

「俺はこの世界の創造神、エルリオだ」

「神、様？」

この人が創造神様か！

……え、なんで⁉

突然の出来事に状況が飲みこめずにいると、いきなりエルリオ様が頭を下げた。

「まずは、すまなかった」

「え、え、えぇ？」

「あのような親の元に送ってしまったことだ」

例のクズ親に関しての謝罪だったみたい。もう気にしてないのに。

「転生先はランダムだからいくら神様でも決められないって女神様から聞きました。だったらしょうがないことなので謝らないでください」

「ありがとう。そう言ってくれると助かる」

「ところで、まずは、ってことは……ほかにも何かあるんですか？」

「命をかけて最高神を救った者と会ってみたくてな。うん、実にきれいな魂だ。稀に聖人が持つ魂の輝きに似ている」

私の魂、どうやら聖人級らしい。えへへ、徳積んでたのかな。

「え、なんか、照れちゃいます……でも、光栄です！」

「そうか。よかった」

淡々とした様子でエルリオ様が言った。

なんか、転生前に会った女神様とは違ってずいぶん落ちついてる神様だな。

じっと見つめていると、どうかしたのかと聞かれたので、素直に思ったことを言ってみた。

「エルリオ様はあまり感情が表に出ないんですね」

「そうか？　まあ、あまりこうやって人間と会うことはないからな。でも、愛し子は微笑ましくて、ずっと見守っていたし、いつもより感情は出ていると思うぞ？」

「え、もしかして見てたんですか!?」

ひとりでいるときにやっていた前世のファンタジー映画を真似たひとり寸劇とか、全部見られてたってこと!?

「もしかしなくても見ていたな」

「えぇ、恥ずかしい……」

「ん、もう時間だ。何かあればいつでも来るといい。俺を信仰する教会であればどこでも会える。ではまた会おう、俺の愛し子」

エルリオ様が微笑んだのを最後に私は教会に戻っていた。

「ずいぶんと長く祈ってたな」

どうやら精神だけがあそこに行っていたらしい。

「うん！　今まであったこととか、報告してたの！」

「そうか。じゃあ、そろそろ帰るか？」

「うん！」

こうして私の教会初訪問は終わったのだった。

その後も何回か教会に行って、エルリオ様と仲良くなった。無表情っぽかったからあまり話さないのかなと思ったら、ただ単にこれまで退屈で、表情筋が動いてなかっただけのようだ。意外とお茶目で明るい性格だった。

まぶしくて表情ははっきりとはわからなかったけど、笑っていたように見えたしね。

第三章　冒険者になります

あれからさらに月日が経ち、あっという間に十五歳になりました。

剣を本格的に始めて、今では刃を潰した真剣で団員さんたちに混ざって訓練している。まだルイさんとレイファスさんには勝てないけど、前よりは粘れてる。性別の差が大きくて、あんまり筋肉はつかなかったけど、身体強化を使えば惜しいところまでいけるんだ。

ただ、身長があまり伸びなかったのもあって、長剣よりも短剣のほうが得意かな。やっぱり小さいころの栄養失調が尾を引くみたい。

短剣なら、ルイさんやレイファスさんからも何回かに一本取ることができるところまで上達した。

魔法に関しては、訓練を重ねて詠唱を簡略化して使えるようになった。

『アイスランス！』とか『ファイヤーボール！』みたいに技名だけで使えるようになったときに大号泣したのはいい思い出。今じゃあ一部の魔法は光よ、とか闇よ、って属性名を唱えるだけで使えるようになった。

とはいえ、やっぱり技名を唱えたほうがイメージが湧いて、強い威力の魔法が使えるんだけどね。

そうそう、十歳から闇魔法の研究を始めて、やっと最近、闇魔法が悪いだけのものじゃないって少しずつみんなにも伝えることができたんだ！

そう簡単に受け入れることができるものじゃないけど、闇属性持ちへの差別が少しでも減ればいいと思う。私の研究が主に魔法研究を行っている王宮《おうきゅう》魔《ま》法師団《ほうしだん》の偉い人に評価されたみたいで、知り合いも増えた。

ただ、このあたりでさすがに騎士団だけで私の存在を隠すことができなくなって、王様とも面会した。今までは騎士団で『保護』っていう形だったらしいけど、特別に住んでいいことになった。

そのときに、今世で初めて友達ができたの！

私のひとつ歳上で、サラサラのプラチナブロンドの髪に、宝石みたいに透明感のある緑の瞳をした王太子のリーンハルト・ノルシュタイン殿下。

そして私と同い年で、燃えるような赤い髪に、海みたいにきれいな青い瞳のハルト様の婚約者の公爵令嬢リーゼロッテ・ハーティンケル様。

リーンハルト様は愛称のハルト様と、リーゼロッテ様はリーゼと呼び捨てでいいとふたりから言われた。

ハルト様はリーゼが大好きで、責任感のある面倒見のいい人だった。

リーゼは勝気なお転婆娘って感じで公爵令嬢っぽくなかったけど、たまたま一緒にいるときに別の令嬢と会うと凛としていてかっこよかった。

王妃教育は大変みたいで、死んだ魚の目をしてるときがあるから、そういう日はふたりで人目につかない場所でダラダラとお茶してる。

下手に貴族相手だと気疲れしちゃうけど、その点私は騎士団在住で知り合いも少なく、平民の身分で脅威にならない。どうやらちょうどいい息抜き相手になれてるみたい。

「ふぁ～あ……眠い。目が冴えちゃってまったく寝れなかったけど、せめて横になっとくべきだったかな」

ふと思い立って見返していた日記を閉じて、大きく伸びをする。レイファスさんに文字を習い始めたころから練習ついでに書いていたんだ。

眠くて瞼が降りてくるけど、予定があるからそろそろ支度しなきゃ。

私が寝不足な理由。

そう、それは今日が冒険者ギルドへ初めて行く日だから！　自立への一歩として、冒険者ギルドへ冒険者登録しに行くのだ。

私は騎士じゃないから、いつまでもここにはいられない。みんなはいつまでもいていいって言ってくれてるけれど、それは前世で自立してた大人としてのプライドが許さない。まだ出ていかないにしても、早々に収入源を作っておきたかったんだ。

動きやすい服に愛用の短剣。獲物用袋という最低限の装備を持って部屋を出た。

「よし、忘れ物はないよね。それじゃ、行ってきます！」

広場で朝の訓練をしてる団員さんたちに見送られながら町へ行き、目的地である冒険者ギルドの建物の中へ入った。

受付に行くときれいなお姉さんがいた。髪の隙間から見えた耳が長いから、エルフかな。

初めてエルフ見たなぁ。騎士団に獣人はいるけど、エルフはいないんだよな……

なんてことを考えながらじっとお姉さんを見つめていると、不審に思ったのか声をかけられた。

「あの……ご用件は？」

「あ！　すみません。冒険者登録をしたくて」

「登録ですね。では、こちらの紙にご記入ください。書けるところだけで結構です。代筆は必要ですか？」

「大丈夫です」

名前、年齢、職業、属性などなど書いていく。魔法は一番得意な氷と便利な闇でいいか。

「はい。書けました。お願いします」

「確認しますね……ノエルさん、ですね。これから試験がありますので少々お待ちください」

「試験？」

「はい。冒険者のランクを決めるための試験です。最高で一気にCランクまで上がります。試験の内容はまず、魔法が使える場合は魔力量、次に実技となります」

「Cまで一気に上がれるんですね？」

「はい。ですが大体の方は一番下のFランクかそのひとつ上のEランクですね。Cランクまで上がれる人はそうそういません」

「Bに上がるには？」

「実績が必要になりますので、依頼を受けてもらうことになります。A以降は高難易度の依頼と盗賊の討伐などの対人依頼を受けてもらう必要があります」

「ありがとうございます、お姉さん！」

「いえいえ。では準備ができたようですので、試験会場まで案内しますね」

案内されたのは小さな部屋だった。部屋の真ん中にあるテーブルの上に水晶を置いただけの殺風景な部屋。

「ここに手を置いてください」

お姉さんに言われた通り手を置くと、水晶が虹色に光り出した。

「えっ!? ギ、ギルドマスタァァァ!!」

「ちょっ！ お姉さん!?」

お姉さんは叫びながら、どこかへ走っていってしまった。そして、少しすると誰かを連れて戻ってきた。

「ほんとですって！」

「んなわけねえだろ……」

このムキムキ無精髭のおじさんがギルドマスターかな？

「ノエルさん！ もう一度手を置いてみてください」

「はぁ……わかりました」

言われた通り手を置くと、また水晶が虹色に光り出した。

「はぁ!? こんなのありえるのか!?」

「でしょ！」

驚愕するふたりに置いてきぼりの私。これ、あれだ。

私、また何かやっちゃいました？

「あのぉ……」

「はっ！　すまん。この水晶は使える魔法の色に光るんだが……虹色なんて見たことがなくてな。

あぁ、安心しろ。お前の事情もあるだろうし、余計な詮索はしない」

意外とこちらに配慮してくれるみたい。

「ありがとうございます」

「魔法が規格外にすごくても、実技ができなければ死ぬだけだからな」

「そうですね」

そう答えると、次に案内されたのは地下フィールドだった。試験会場であるここは、申請すれば模擬試合もできるらしい。

せっかく来たからと、なぜか私の試験官はギルマスになった。元Aランク冒険者だったらしいけど、これ勝てるか……？

気を取り直して、手始めに身体強化を使って向かい合う。一番得意な刃を潰した短剣で戦うことにした。

炎属性持ちのギルマスは現役時代大剣を使っていたらしいが、今回はハンデとして同じく短剣。

お姉さんが初めの合図を出した瞬間、一気に懐まで潜りこむ。

ギルマスは一瞬驚いた顔をしたものの、さすが元上位冒険者。私の短剣を受け流すとそのまま弾き飛ばした。

「わ、わ」

パワーがすごい！　久しぶりに弾き飛ばされたかも。

空中でくるっと一回転して体勢を整え、着地する。

「凍れ！」

床伝いに魔力を流し、足元を凍らせた。

ギルマスはバキバキバキバキと音を立て凍っていく床を見て、なんとか抜け出そうと炎を当てる。

けれど、魔法は基本的に属性的に相性不利でもこめた魔力が多いほうが勝つ。

ここ！　と一気に加速して首を狙って飛びこむ。取った！

「ほぎゃあ！」

べちゃっ。

凍った足はそのままに、ギルマスが上半身を思いっきり逸らして私は攻撃をかわされた。

「あっぶねぇ。馬鹿正直に突っこんできてくれて助かったぜ」

勢いよく突っこんだ私は止まれるはずもなく、そのまま地面に激突してしまう。

「痛てて……」

「考えは悪くなかったぜ。お前、普段は騎士様相手に訓練でもしてんのか？　太刀筋がお手本通りだぜ」

「あー、私騎士団に保護されてて、そこで習ったから、かもです」

「深くは聞かない。だがまあ、冒険者になるっつうなら、お手本から外れた剣てぇのも必要だぜ。ま、こんな有望な新人が入るっつうのはいいことだな」

「頑張ります！」

「おう。さて、ランクはそうだな……まだ年齢もあるし、Dでどうだ？　いきなりその年齢でCだと絡まれたりして大変だろう？　Cでも大丈夫な気はするが、一応な。お前ならすぐに上がれるだろうよ」

ギルマスはそう言うと、私の頭をポンポンとなでて去っていった。

「やった！　合格！」

「おめでとうございます。ではこちらに。ギルドカードを発行いたします」

お姉さんについて部屋を出て受付でカードを発行してもらい、その日は帰ることにした。Dランクになったことを報告すると、団員さんがみんな祝福してくれて、その日はどんちゃん騒ぎになった。


翌日、早速依頼を受けてみようとギルドへ向かう。

掲示されてる依頼を見て、初めは簡単そうな一角兎《いっかくうさぎ》の依頼を受けて慣れることにした。

一角兎《いっかくうさぎ》はその名の通り、額に一本の角が生えているウサギで、大きな群れほど凶暴で村を襲って食物を食い尽くす。そのため、群れが大きくなる前に駆逐、もしくは間引く必要がある。

東門から出て森を歩いていると、早速一角兎《いっかくうさぎ》を見つけた。

「凍れ」

そうつぶやくと、一角兎《いっかくうさぎ》の脚が凍りつく。

一角兎《いっかくうさぎ》は突然動けなくなったことで、ギュイギュイ鳴き喚いて仲間を呼び始めた。集まってくる前に持っていた短剣で急所を刺し、絶命した一角兎《いっかくうさぎ》の角を討伐の証として袋に入れる。ちょうどそのタイミングで鳴き声を聞きつけた仲間の一角兎《いっかくうさぎ》が集まってきたので、同じ要領で集めていく。

死体を放っておくと、一角兎《いっかくうさぎ》の持つ魔力から魔物が湧くから燃やしたほうがいいんだけど……

ちょうど試したい魔法があったんだよね。

それはユニーク魔法だ。名前からして物騒でなかなか使えなかったやつ。一度鑑定してみたら、こんな感じだった。

転生の女神がノエルのために作ったオリジナル魔法。命のあるないにかかわらず、なんでも破壊できる。魔法も可。ただしその分魔力を消費するため、大きいものを壊すときは要注意。

騎士団じゃあ試せなかったものだ。一角兎《いっかくうさぎ》なら多分あまり魔力を持っていかれずに済むだろう。

なんて唱えるべきだろう……

んー、でもやっぱりシンプル・イズ・ベストだよね。体を構成する物質が砂みたいに消えていくイメージで……

「崩壊しろ！」

瞬きの間に、一角兎《いっかくうさぎ》たちは砂のようにサラサラと消えていった。

「できた！」

やった！　でも、まさか一発成功になるとは思わなかった。この魔法はほかの魔法と比べて特に危険な気がする。なんでも消せるってチート中のチートだよ、コレ。

この魔法は使い勝手が把握でき次第、本当に必要なとき以外使わないようにしよう。

「あ、そうだ。一応ステータス、確認したほうがいいかな？」

どれくらい魔力を消費したのか把握しておかないとね。

『ステータス』と唱えてみる。

あれ？　20しか減ってない。意外とコスパがいいのかな、この魔法。

対象がどれくらいの大きさになると魔力消費量が大きくなるのか、追々調べる必要がありそう。

前世は魔法なんてものは空想でしかなかったから、今使えるのがすごくうれしい。

それに、すべての属性の魔法が使えるぶん、今まで発見されてなかった魔法を作り出すとか、私だからできる魔法研究が楽しくてしかたがなかった。

将来、王宮魔法師団《おうきゅうまほうしだん》に就職して魔法研究するのもありだなって最近思ってる。

初めて使う魔法がうまくいって、ルンルンの気分でステータスに変化がないか見ていく。

あ、ここ数年でＭＰが１００００近く増えてる。

まあ、魔力が一番伸びる一桁の年齢の間にあれだけ魔法をバンバン使ったら、元の魔力量と相まって魔力が増えてもおかしくないか。

なんか称号も、愛される者から愛し子になってるし、加護の欄に新しく精霊の加護ってのもある。

精霊に会ったことないんですけど？

……考えても無駄だな……諦めも肝心。うん。

試したいことを試せたし、かなりの量の一角兎《いっかくうさぎ》を倒せたので早々にギルドへ戻る。

昨日のエルフのお姉さん――メルフィさん――が受付にいた。

「ノエルさん、お帰りなさい。もう依頼達成できたんですか？」

「はい！」

カウンターに角を出すと、メルフィさんはひとつひとつ確認した。

「はい、たしかに。では。依頼達成ですね！　品質もいいので報酬に上乗せで銀貨一枚です」

依頼書に達成のサインをしてもらい、報酬を受け取ってギルドを出た。

ちょうど昼すぎということもあり、小腹が空いてきたので屋台がたくさん並ぶ道へ。

肉が焼けるいい匂いにつられていくと、レッドボア――猪に似た体毛が赤くてより凶暴な魔獣――の串焼きが売られていた。

「わぁ！　おいしそう！」

「だろう？　俺の店のはほかとちょーっと違うんだぜ？」

「そうなの!?」

「おうよ！　なんてったって、秘伝のタレに漬けこんだ肉を焼いてるからな！」

「おいしそう！　おじさん一本……いや、二本ください！」

「あいよ！　可愛いお嬢ちゃんには焼きたてをあげよう！　銅貨三枚だよ！」

「ありがとう！　はい、銅貨三枚！」

「毎度あり」

屋台を離れて肉にかぶりつく。

「んん！　柔らかいお肉に甘辛いタレがしっかり染みこんでておいひい！」

あまりのおいしさにすぐ食べ終わってしまった。

「ふー。さて、帰るか」

まだ早かったが、やることもないし騎士団に帰る。

騎士団に着くと、ちょうど私の部屋の近くにルイさんとレイファスさんがいた。

「お！　おかえりノエル」

「おかえりなさい」

「ふたりとも、ただいま！」

「ノエル、ちょっとおいで」

「ん？」

ちょいちょい、とルイさんに手招きされて近づくと、ふたりは何も言わずに歩き出した。私もふたりのあとをついていく。

連れていかれたのは、ルイさんの執務室だった。

ルイさんの「お待たせしました」という声で、中に先客がいることに気がついた。

私に用がある人って誰だ？

「ノエル、お久しぶりですわ！　私《わたくし》に会えなくて寂しかったかしら？」

ルイさんのうしろから部屋の中を覗くと、そこにいたのは今世では初めてできた同い年の友人、リーゼだった。ここ最近王妃教育が忙しかったから、全然会えてなかった。

部屋に入ると隣にはリーゼの婚約者であり、この国の第一王子であるハルト様もいた。

「リーゼ！　ハルト様！」

久しぶりの再会に思わず頬がゆるんでしまう。

「ふふっ。リーゼはノエルに会えなくてしょんぼりしていたもんね」

「ハ、ハルト様、それは言わない約束ですわ！」

よく知る人間しかいないからか戯れ合うふたりを尻目に、モノクルをつけたダンディーなイケオジであるこの国の宰相様が尋ねてきた。

「冒険は楽しくやれていますか？」

「お久しぶりです、宰相様。今日初めて依頼を受けてきました」

「それはよかった。お話がございますので席に」

私たちはリーゼやハルト様、宰相様が座っているソファの反対に腰かけた。

「さて、ノエル。学園に行ってみませんか？」

「学園？」

「王立貴族学園といって、貴族の子は必ず十六歳になると四年間通う学校です。稀に特出した才能のある平民も入学できるのです」

宰相様からの提案に少し驚いた。学園に入学できるのは貴族だけかと思ってたけど、平民も入れないことはないんだ。

「私《わたくし》が春から通う学校ですわ」

「私はもう通っているよ」

「学ぶことはもちろんだが、縁を作る場でもあります。稀に入る平民にとっては、在学中に自分の価値を示すことで稼ぎの多い職に就くことができる」

なんと、在学中に認められて王宮で文官の職に就いた人や、王国騎士団・王宮魔法師団《おうきゅうまほうしだん》に出世できるようなエリートとして入団した人も過去にいるらしい。

「そして貴族は希望者だけだが、平民には皆己の価値を示せるように研究室が与えられ、学園にある本のほとんどを閲覧できる権限が与えられます」

「研究室？　ほ、本当ですか!?」

でかい、デカすぎるメリット！

十六歳になったらここを出て冒険者として生きていこうと思っていたけど、研究室がもらえるなら学園に入学するのもアリだな。

別に前世で研究職だったわけじゃないけど、前からずっと魔法の研究に興味があったし、この世界に来てから知識欲が尽きない。王都の王立図書館で薬草の本を見つけてからは薬学にも興味が湧いていた。

「そ、そうですよ」

私の圧に押されたのか、宰相様は少したじろいだがうなずいた。

「行きます。行きたいです！　研究したい！」

「そう言うと思っていました。レイファスからあなたが特に魔法の研究に興味を持っていることは少し聞いていましたし、何よりあなたの魔法の才は目を見張るものがありますからね」

騎士団で保護されていることから、私について時々宰相様に報告が上がっているのは知ってた。だけど、魔法の研究に興味があるとは誰にも言ったことがなかったから、まさか知っているとは思わなくて驚いちゃう。

チラッとレイファスさんを見ると、いつも通りニコニコしていた。

「ちなみに、一定の単位が取れていれば授業に参加しなくとも卒業できる措置もあります。ノエルの入学については私が推薦状を出しておきます。実りある学生生活を送ってください」

「はい、ありがとうございます！」

「ふふっ、これで春から一緒に学園に通えますわね！」

「よろしくね、リーゼ！」

友人関係とはいえ、王子妃となるリーゼは日々勉強で忙しいため、頻繁には会えなかった。だから、これからは学園で毎日会えることがうれしくて手を取り合って喜んだ。

そうして私の王立貴族学園への入学が決まった。

第四章　学園へ入学と新たな出会い

時は流れ、転生者ノエル、今日から二度目の学生生活がスタートです！

生徒はみんな寮生活になり、貴族は侍女をひとりだけ寮へ連れてくることができる。

しかし多くの場合は高位貴族のみで、男爵や子爵などの下位貴族はよほど裕福でないと侍女を連れてくることはない。侍女分の生活費は家持ちだからね。まあ、平民である私には関係ない話だけど。

久しぶりのひとり暮らし。頑張るぞー、おー！

支度を終えて鏡の前に立って意気ごんでいると、コンコンとドアがノックされた。返事をするとルイさんが入ってきた。

「お、制服、似合ってるじゃないか」

「そうかな」

白いワンピース型ブレザーに青いリボンの制服だ。可愛いけど、スカートだからいざというときに動きにくそう。スパッツ履いてるけど。

「リーゼロッテ様が待ってるぞ」

「すぐ行く！」

いつもの桜の髪留めをつけ、荷物をつめたトランクを持って部屋を出た。

「頑張ってこいよ」

「いってらっしゃい、ノエル」

「ノエルちゃん！　休みは絶対帰ってこいよ！」

ルイさん、レイファスさん、団員さんたちだ。

「はーい！　いってきます！」

手を大きく振りながら、リーゼの馬車に乗せてもらう。いいって断ったけれど、ハルト様が生徒会の仕事で早く行かなければならず、ひとりだから一緒に行きたいと押し切られてしまった。

リーゼとふたりでたわいもない話をしていると馬車のドアが開いた。到着したみたい。

「わぁ！　ここが学園か……大きいね」

「そうね……さすが国中の貴族が通うことだけあるわ」

巨大な噴水が中心に鎮座する広場、巨大な校舎が奥に何棟もあり、入り口から見えるのはごく一部でしかないらしい。四季折々の花が咲き誇る花壇に、リーゼ曰く、令嬢がお茶会ができるように広い庭まであるらしい。まさにマンモス校。

案内に従い、入学式を行う講堂へ入る。好きな席に座っていいとのことだったので、リーゼと一緒に座って式が始まるのを待った。

公爵家の令嬢であり、王子の婚約者としても有名なリーゼが、見知らぬ女と入ってきたからか、周囲からかなり視線を感じた。でもとりあえず害はなさそうだし、放置でいいか。

「今年の新入生代表の挨拶って、たしか第二王子様だっけ？」

「ええ。そうよ。ハーライト・ノルシュタイン殿下」

「会ったことないけど、どんな人？」

するとリーゼは困ったような顔で微笑んで言った。

「そうねぇ……なんと言えばいいのか……。う～ん……ひと言で言ってしまうと甘ったれね」

「甘ったれ？」

「ええ。この国は王と王妃の第一子が次の王になる決まりでしょう？　だからハルト様が王になるのはよほどのことがない限り決定なのよ。けど、もしも、がないとは言い切れないわ。だから、第二王子のハーライト様にも教育が施されたのだけれど……」

リーゼがさらに続ける。

「ハルト様は基本なんでもすぐにできてしまうでしょう？　ハーライト様は初めのころはしっかりやっていたようだけど、劣等感で逃げ始めたのよ。そこからね、自分に苦言を申す側近候補を拒否して、自分に都合のいいことしか言わないような者だけをそばに置くようになったの。王妃様も何度か諌めていらしたのだけど……」

逃げちゃったか。まあでも、比べられ続けるのって、当事者からしてみると相当しんどいからな……これが王族じゃなければ、よかったんだろうけど……

「気に食わないことがあると、何か問題を起こすとか……そういう感じ？」

「ありえるわ。あの方の婚約者は、ひとつ年下の侯爵令嬢でよく言えば大人しい、物静かな方だし。

悪く言えば、ズバッと間違っていると諫言しないの。そこで私《わたくし》よ。私《わたくし》は物事をズバッと言ってしまう、可愛げのないところがあるもの」

「リーゼは可愛いよ？　ハルト様にもあんなに愛されてるし」

私がそういうと、リーゼは照れたようで顔を手で隠してしまった。

「うぅ……」

「顔真っ赤にしちゃって～。いいな、私も恋愛してみたいなぁ」

「ノエルはモテると思うわよ？」

「そうかなぁ」

「見た目はいいじゃない」

「見た目だけ……？」

たしかに前世と比べるとかなり整ってるとは自分でも思うけどさ……

もっとあるじゃん？　そう思って聞いてみると、リーゼはうーんと頬に手を当て少し考えてから言った。

「ほかの魅力は、そうね……まず魔法バカ。以前副団長様から聞いたのだけれど、研究に没頭して寝食をおろそかにしたことがあったそうじゃない？　あと、剣の腕もよくって並大抵の人間では勝てない。こんなところかしら？」

え、何気に私、貶されてもいる？

「ま、魔法バカ……、間違ってはないけど……」

バ、バカって言われた……

たしかに闇属性について調べるのに熱中しすぎて、ついつい忘れちゃうことがあるんだよな……

「自覚があるようで何よりだわ。この間も騎士の方々と模擬戦して、新米騎士を負かしたそうじゃない。ベテランともかなりいい勝負でしょう」

「うぐ……」

「でも、他人を思いやれる仲間思いの人。よく怪我をした騎士たちに回復魔法を使っていると聞いたわ。それに、自分の意見をビシッと言えるところもかっこいい。仲良くなって初めてあなたをお茶会に招待したとき、居合わせたあの嫌な家庭教師にビシッという姿はかっこよかったもの」

「恥ずかしい……」

「うふふ。ほら、いつまでも恥ずかしがってないで、入学式が始まるみたいよ」

いつの間にか、開始時刻になっていたようだった。

式は順調に進み、生徒会長であるハルト様の話にリーゼが思わずかっこいいとつぶやく。あとでいじるネタができたと思っていると、先ほど話していた第二王子が出てきた。

甘ったれ、とリーゼが言っていたのでどんな人だろうかと思っていると、穏やかなハルト様の逆で不機嫌な感じで挨拶をしていた。周りの人はそれを感じないのか、美貌に見惚れる人もちらほらといたけれど。

……まぁ、たしかにかっこいいとは思う。

さすが兄弟というべきか、彼も絵本に出てくる王子のよう。

けれど、タレ目のハルト様に対して吊り目だからかな？　弟のほうはどちらかというと顔立ちはキリッとしてる。

　ハルト様は王妃様似で第二王子は王様似なのかも。不機嫌そうな態度とは裏腹に、意外と真面目な挨拶をして壇上から去っていった。

　その後クラスが発表され、幸運なことにリーゼと同じクラスだったので一緒に教室へ向かった。

　私たちは最後のほうだったらしく、もうほとんどの生徒が教室にいた。

　最初はざわついていたが、先生が入ってきたことで徐々に静かになる。

「俺がこのクラスを担当する、ユリウス・マーティだ。担当教科は魔法学。これからよろしく。それぞれの自己紹介は各自でやってくれ」

　きれいなアッシュグレーの髪に、切れ長のグリーンアイとかなり整った顔立ちの先生だ。

「これからのことについて説明する。まず、各自選択授業を決めてくれ。紙を配るから明日提出な。選択授業は経済学、マナーやダンスなど社交に必要不可欠な教養を学べる淑女学、騎士学、魔法学、芸術学だ。最低ふたつは選んでくれ」

　先生はプリントを配りながら、さらに話を続ける。

「あとは各自寮の自室に戻ってもかまわないし、好きに学園内を歩くのもいい。ただし迷子にはなるなよ。地図が欲しいやつは教卓に置いておくから持っていくといい」

　配り終えた先生は教卓の前に戻ると、真面目なトーンで生徒たちに言う。

「あとそうだ、この学園でくだらないいざこざはやめてくれよ。できる限り爵位は気にせずに過ごせ。そして知り合いを増やせ。いつかきっと役に立つ。以上だ」

みんなが立ち上がって地図を取ると、それぞれ知り合いと一緒に出ていった。

「どうする？　リーゼ」

「そうねぇ……」

「あ、そうだった。ノエルとあと、リリアだったか？　は別で説明があるから来てくれ」

思い出したように先生が私を呼んだ。

「呼ばれちゃった」

「別に大丈夫よ。いってらっしゃいな」

リーゼと別れて先生のところへ行くと、別室へ連れていかれた。一緒に呼ばれた、このリリアっていう女の子と私が今年唯一の平民出身か。

なんていうか……ピンクいな。庇護欲を誘う可愛さなんだけど、髪も瞳もピンク。綿菓子みたいに甘い女の子って感じだ。仲良くなれるかな。

「お前たちは今、学園で唯一の平民だ。だから、選民意識の強い貴族に何か言われるかもしれないから気をつけろよ。自分でなんとかしようとせずに、すぐ大人に頼るように」

選民意識が強い貴族はそう珍しくない。貴族主体のこの学園では仕方ないことだから耐えろとは言わず、頼れと言ってくれる先生に素直に好感が持てた。

この人、いい先生だな。

「さて。話は変わるが、お前たちに与えられた研究室へ今から案内する」

「研究室！」

どれくらいの広さなんだろう！　何について研究しよう！　……予算ってあるのかな？

「入学前に、学園から平民生徒向けの案内があったはずだ。そこに書いてあったことは覚えているか？」

学費免除と在学中になんかしらの研究をしなければいけないってことについてかな？　研究室って言ってたし。

「口頭でもう一度説明すると、お前たちは卒業までに最低でもひとつは何かについて研究結果を残さなければならない。大掛かりな内容なら、申請すれば結果を学園に提出するのを延期できるが、そのぶん期待がかけられてプレッシャーにはなるな」

先生は淡々と説明を続ける。

「まぁ、研究以外でも、何かで自分の実力を示して結果を残さなければならない。貴族の子と違って平民が入学する場合、特待生扱いで学費が免除されるからだ。結果を残せなければ最悪退学もあるが、いい結果を残せれば相応の就職先が見つかるかもな」

そこまで話すと、先生は一度立ち止まった。

「さて、ついたぞ。ここが研究室だ。こっちがノエルであっちがリリアだな。卒業までずっと変わらないから好きにしていいぞ」

「やった！」

研究室のある棟はきれいで広そう。早く中に入ってみたい！

「じゃ、解散だ」

早速研究室に入ろうとすると、リリアが先生に駆け寄っていった。なんかあったのかな？

「せんせぇ、わたしぃ、研究とか何すればいいのかわからないんですけどぉ」

うーん。こういうタイプの子かぁ。仲良くなれるか不安なタイプだけど、せっかくふたりしかいない平民出身だしなぁ……

「お前はたしか希少な光魔法の使い手だったな。光魔法の使い手は少なく、いまだに謎な部分も多いから、それについて何か疑問に思ったことを解明するのはどうだ？　別に大きな結果である必要はないんだ。些細なことでも十分だぞ。それに、まだ入学したてで時間はある。まずは光魔法を使っていて疑問に思ったことでも調べてみろ」

「……はぁい」

リリアの説明に先生が丁寧に返すが、何か違ったのか、不服そうな顔をしてどこかへ行ってしまった。研究室、見なくていいのかな？

そう疑問に思いつつも、私は自分の研究室を見て内心それどころではなく、かなりテンションが上がっていた。

「何しよう。あぁ、あれもやりたいし、でもなぁ、こんなに大きいとは思わなかったし……いろいろ揃ってるし……」

ひとりでどんな研究をしようかと考えこんでいると、先生から声をかけられた。

「ノエル」

「ひゃい！」

「ぷっ……すまない、驚かせるつもりはなかったんだ」

「ちょっ！　笑わないでください！」

「悪い、悪い。考えていたとこ悪いが、ちょっと俺の話に付き合ってくれるか？」

「へ？　なんの話ですか？」

「俺が魔法学の教師というのを自己紹介のときに言ったのを覚えているか？」

「はい」

「お前がわずか十歳のときに書いた闇魔法の論文について話したい。いや、語りたい」

「え！　ノエルさん、闇魔法使うんですかぁ？　リリア、こわぁい」

突然うしろからリリアの声がして、思わずビクッと振り返ってしまった。さっきどっか行ったと思ったのに、いつの間に戻ってきてたんだ……？　え、そっちのほうが怖い。

「闇魔法が怖いと思うこと自体おかしい。くだらないことを言うなら早く寮に帰って休め」

「っ……わかりましたぁ」

リリアはなぜか忌々しげに私を睨むと、再び研究棟から去っていった。何しに戻ってきたんだ、ほんと。

「それで、ダメか？　ノエル」

「……か？」

「ん？」

「わかってくれますか⁉　闇魔法は恐ろしいという印象を抱かれがちですが、それ以上に利便性に溢れてるんです！　私の知り合いも最初はみんな恐ろしいものなのでは……とか考える人が大半でしたけど、全然！　まぁたしかに？　呪いとか使えるので恐ろしいかもしれないですけど！　せめて闇魔法が使える人は初めから拒絶せずに知ってみないと！　神が与えるものにデメリットだけのものなんてないんですから！」

ものすごい早口でそう言うと、先生は一瞬ぽかんとしたのち目を輝かせた。

そして語らいは白熱し、先生が呼ばれて話が終わったときには私はもうヘトヘトでぐったりと寮に帰ったのだった。

入学式から二日経ち、今日から初授業！

まずクラスで必修の授業を受けた。一時間目は歴史で、私が騎士団で習ったものよりも奥深いものだった。

二時間目は数学。いや、算数か？　この世界は日本と比べると計算が簡単だけど、みんな数学は難しいと思うらしく嫌そうだった。

三時間目からは選択授業で選んだところに行く。

「ノエル、選択授業は何を選んだの？」

「騎士学と魔法学。リーゼは？」

「淑女学と魔法学よ」

「じゃあここからは一旦解散だね。また魔法学の教室で」

リーゼと別れてひとりになった私は、騎士学を選択した人が集まる訓練場へ向かった。途中で訓練用の服に着替えるのも忘れない。

訓練場に着くと、見事に男子ばかりだった。

しかし、よく見るとリリアがいる。ぱっと見、鍛えてなさそうだけど。

「ちっ。また女かよ。あんな体で剣を振れんのか？」

まあ、こうなるよねぇ。私も鍛えてるようには見えない体つきだし。

「じゃあ集まれー」

「はい！」

騎士学の先生が集合の号令をかけると、今まで騒がしかった訓練場が一気に静かになる。

「見ての通り、今年は女子生徒がふたりいる。だが女性だからといってこの授業を選んだからには手加減はしないぞ」

先生がこちらを見ながら言ってくる。

正直、ワクワクだ。ルイさんやレイファスさんにはいまだに勝てないけど、ここにいる人のうち、どれくらいには勝てるかな。

「じゃあ、まず実力を見るからふたり一組のペアを作って、木刀での打ち合いを始めてくれ」

ペアかぁ……誰と組もう。知り合い、いないかな……

「ノエル！　組もうぜ！」

そう声をかけてくれたのは、入学前からの友人のファウトだった。

「ファウト！　いいよ、組もう」

「おい、団長の息子のヴェルエス伯爵子息と女の子がやるのか？」

そう。ヴェルエス伯爵子息ことファウトは、ルイさんの息子なのだ。全体的にルイさんそっくりだけど、ちょっと愛想がよくないかも。卒業後は騎士団に入団するらしい。

ちなみにファウトの母親とも顔見知りで、女性にしか相談できないことをいつも相談させてもらっている。

「あのぉ、よければわたしとやってくれませんかぁ？」

木刀の握り具合を確認して素振りしていると、リリアがファウトに話しかけていた。

「で、でも……」

「俺はもうペアいるから」

「あそこら辺にいる奴ら。まだ誰とも組んでなさそうだからそっちと組んだら」

「……っ！」

リリアはまた私を睨みつけて去っていく。

この前といい、私なんかした!?

結局、リリアは別の人に声をかけてペアを組んでいた。媚びるような声で「やさしくしてくださぁい」と言っているのが聞こえた。

「準備はいいか」

「いつでも」

どちらともなく飛び出すと激しい打ち合いが始まった。

「すげぇ……」

「何者だ、あの子…」

「あいかわらず、すばしっこいな！」

「筋力が劣るぶんスピードで勝負するのは普通でしょ！」

木刀が折れるんじゃないかというほど激しい音に、クラスメイトがざわつく。

「そこまでだ！」

お互い距離を取ると剣を収め、一礼をした。

「うんうん。ファウトはさすがだな。ほかのやつも筋はいい。ノエルもさすがルイ団長が認めるだけのことはある。リリアは……もっと体力と筋力をつけろ」

先生の講評に周囲がざわつく。

「あの団長が認めた子って……何者だ？」

「リリアって子はすぐに弾かれたってよ」

「なぁんでこんなとこにいるんだか」

今日の騎士学の授業はそれで終わり。途中でリリアとすれ違ったときに、「覚えておきなさいよ」と睨まれた。

本当に私が何をしたのか教えてほしい……

入学早々なんだかめんどくさいことになってきた、とため息をついて、次の魔法学の授業の教室へと向かった。

「あ、リーゼ。さっきぶりだね」

教室へ入るとリーゼはもうすでに席に着いていたので、その隣に座らせてもらった。

授業が始まるまでの間、ふたりで話していると、リーゼのうしろから水色の長い髪の女子生徒が近づいてきた。

「あ、あの！　お話し中のところ申し訳ありません。私、ワットン伯爵家のミリアと申します！」

「あら、かまわないわ。リーゼロッテ・ハーティンケルよ」

「ノエルです」

「なんのご用かしら？」

「と、隣に座ってもよろしいでしょうか？」

「もちろんよ」

「ありがとうございます！　リーゼロッテ様、ノエル様」

奥からリーゼ、私の順で三人席に座っていたので、ワットン伯爵令嬢は消去法で私の隣に座る。

でもこれ、よくよく考えたら私がどいて、リーゼの隣にするべきだったのでは？

隣に座った令嬢を見ると、平民の隣に座ることを気にしてなさそうだったし、まあいいかと思うことにした。

「私のことはノエルでいいですよ、平民だし」

「私《わたくし》もリーゼでいいわよ。ホームルームも同じでしょう？　これからよろしくね？」

「は、はい！　私のこともミリアとお呼びください！　敬語も必要ありません」

「あ、それなら私も敬語なしで」

さすがに伯爵令嬢のミリアが敬語なのに、平民の私がタメ口って言うのはどうかと思う。

そう考えていると表情に出ていたのか、ミリアは敬語がデフォルトだから気にしないでほしいと言った。

平民の私と、公爵令嬢で王子の婚約者であるリーゼが一緒にいると、なかなかみんな話しかけてくれないんだよね。今みたいに話しかけた側も高位貴族なら学園内であれば問題ないけれど、さすがに私から貴族に話しかけるわけにはいかないし。

だからミリアは学園での初の友達、うれしいな。

そのまま親交を深めていると、ユリウス先生が入ってきた。魔法学は騎士学とは違って、いきなり実技ではなく、座学で基本知識からのようだ。

ずっと前にレイファスさんから習った内容だけど、初心に帰って学ぶことも大事だよね。そのまま何事もなく魔法学の授業は一旦終わり、昼食の時間になったので三人で食堂に向かった。

よーし、友達との昼食を楽しもう。学食の種類多いらしいし楽しみだったんだよね。

「はわぁ～！」

「うれしそうね、ノエル」

「さすが貴族の通う学校！　どれもおいしそう！」

メニューを見て何にしようか迷い中。

「騎士寮にいたころは、質より量だったから迷っちゃう！」

「これからたくさん食べられるんだから早く決めて、食べましょ」

「そうだね」

結局、フレンチみたいなのにした。量が少ない気がしたけど仕方ない！　リーゼとミリアも私と同じメニューにしたようだった。

「おいしい！」

「悪くないわね」

「おいしいですぅ」

私、リーゼ、ミリアの順で顔を綻ばせた。

「そういえば、淑女学ってどうだった？　ミリアも淑女学を選択したの？」

「はい。授業はそうですね、基本から学びました。意外となあなあになっていることもあるものですね。でも、リーゼはさすがでした。すべて完璧で先生にも褒められていましたから」

「ふふん。当たり前よ。公爵家の令嬢たる者あれくらいできなければ！」

「すごいねぇ。大変そう」

「ノエルはどうでしたか？」

「楽しかったよ～。久しぶりにファウトと打ち合いした」

「まあ、あのルイ団長のご子息と!?　お怪我はありませんか？」

「大丈夫だよ。慣れてるし」

「そう、ですか」

「心配するだけ無駄よ、ミリア」

心配そうにこちらを見ているミリアとは対照的に、リーゼは呆れた様子だった。

「リーゼはもう少し心配してくれてもいいと思う」

「言っても聞かないじゃない」

そっぽをむいてツンと済ました顔でそう言われたけれど、ちゃんと心配してくれてることくらい知ってるんだからね。もう、素直じゃないんだから。

雑談をしながら食べ終え、再び魔法学の教室へ向かった。

着席しておしゃべりしていると、ユリウス先生が入ってきて授業が始まった。

前半は魔法を使ううえでの注意事項や基礎的な知識を学んだ。後半は訓練場へ移動したのち、ひとりひとり初級魔法を的《まと》に打つ実技になった。

詠唱の時間、威力、的《まと》に届くかなどで評価してグループ分けし、指導するらしい。

指示通り、ひとりずつ並んで打っていく。やっぱりみんな、長くて恥ずかしくなるような詠唱だった。学生時代の厨二病だったころの記憶がよみがえる……

「よっ」

声をかけてきたのは、魔法師団の団長の息子で、伯爵令息エリオットだ。

エリオットとは闇魔法の研究を発表したあと、魔法師団の団長に紹介されて出会った。クマっぽい父親じゃなくてクールビューティーな母親そっくりなので、女性人気がすごいってリーゼが言ってた。

「あ、久しぶり」

「ああ」

「どうしたの？」

「宣戦布告。お前には絶対負けないから！」

クールな見た目に反して魔法のことになると熱くなるし、何より大の負けず嫌いのエリオット。

「受けて立つ！」

そう答えると、ちょうどエリオットの番が来た。

エリオットが高火力のファイアーボールを打つ。

「すごい！　さすが師団長様のご子息ですわね」

「短い詠唱であれだけの威力。素敵……」

次に私たちの番が来て、ミリアが初めに打った。詠唱は長かったが、彼女が出したウォーターボールの威力は強く、的を粉々に破壊した。

リーゼはエリオットよりは長いものの、略式詠唱のファイアボールで的を燃やし、消し炭にした。

「次、ノエル」

「はい！」

「本気でやれよ」

「えぇ……はぁい」

手を抜いて評価を下げられるのはごめんだ。

「『氷よ、貫け！』」

鋭い氷の針が出現すると的を貫き、木っ端微塵にした。

「無駄をそぎ落とした詠唱、さすがだ！」

「ありがとうございます」

「さすがノエルね！」

「すごいです！　あそこまで詠唱を簡略化できるなんて！」

「えへへ、ありがとう」

「あいかわらず、よくそれだけ短い詠唱であの威力が出せるな」

「頑張れ、エリオット！」

「くそっ！」

たとえ訓練でも本気で悔しがるのはエリオットのいいところだな。

全員打ち終わったところで授業が終わった。そして最後、同じく魔法学を受けていたリリアとすれ違ったときにまた睨まれた。本当になんなんだ……

初めての授業日から一週間後。

「はぁ……どうしろっていうのよ」

二十五回目。

なんの数字かって？　リーゼの本日のため息の回数。ちなみに今は昼食のお時間です。

「一体何があったの？」

「悩みがあるなら聞きますよ？」

「実は……ハーライト殿下が……」

ついに話し始めたリーゼの言葉に、ミリアは何か思い当たったようだけど、私はまったく見当がつかない。

「何かあったの？」

「ノエルはご存じないのですか？」

「何が？」

本当に心当たりがなくて首を傾げる。

「リリアさんがハーライト殿下と仲睦まじいという噂があるんです。なんでも、人気《ひとけ》のない中庭で抱き合ったり、一緒に食事をしていたり……という噂です」

「噂じゃないわよ。もう事実よ、事実」

「うわぁ……入学式のときにリーゼに聞いたけど、第二王子様って婚約者いるんだよね？」

それって入学早々浮気してるってことでしょ？　貴族の婚約なんて家同士の契約がほとんどなのに、いくら王族とはいえダメでしょ。

「えぇ……ですが、ひとつ年下なのでまだ学園にはいないわ」

「それで？」

「婚約者である令嬢は、かなり裕福な侯爵家。王家としてもこの縁を大事にしたいの。それで、ハーライト殿下と私《わたくし》は同じ学年だから、これ以上変なことにならないように見張ってほしいと陛下に頼まれたのよ」

「うわぁ、面倒だね」

ミリアと私はその話を聞いて思わず引いてしまった。見張るって言っても、リーゼは第一王子の婚約者。部外者から変な邪推はされないように、第二王子とは適度な距離を保つ必要がある。

つまり、あまり打てる手がない。でも陛下から直々に頼まれた以上、リーゼは何かしら動かなければならない。変に絡まれたりしないといいけれど。

「ええ。本当に」

「彼はきっと、私《わたくし》のことを口うるさくて頭の硬い兄の婚約者として邪険にしてくるわ。そんな相手にどうしろっていうのよ……」

「そうですね……学園内で会ったときに、そっと言ってみるとかでしょうか？」

「あの方は私《わたくし》のことが嫌いなのよ。よくて無視。平気で罵倒してくるわ」

「あらら……」

未来の義姉相手にそれはどうなんだ？　思わずミリアと顔を見合わせる。「そんな態度の義弟嫌だな」と私が言うと、ミリアもそう思ったみたいでうなずいている。

「お相手のリリアさんってどんな方なんですか？　いくつか授業は一緒ですが私、あまりよく知らなくて……」

「希少な光魔法が使えるという理由で入学してきたけれど、勉強は不得意。剣術もダメダメなのになぜか騎士学を取っている意味不明な少女。あとは、地位の高い男性に媚びを売るかと思えば、その婚約者から何か言われると被害者ヅラ。今のところ、ハーライト殿下とその取り巻きが彼女のハーレムに入ってるわ」

「あと、私はなぜかいつもすれ違うたびに睨まれる」

ここ最近の授業でのことを思い出すと、ほぼ毎回絡まれてるよ、私。

「ええ？　まあ、たしかにあまりいい噂は聞きませんしね」

話していると、急に食堂の入り口が騒がしくなった。

「噂をすれば、だわ」

入ってきたのは、第二王子御一行だった。しかも、第二王子の隣にはリリアがいる。

「ライトさまぁ」

リリアは甘い声を出して第二王子の腕にべったり絡みついていた。よく足が引っかからないなって思うくらいくっついてるけど、歩きにくくないのかな？

はしたない、と周りは眉をひそめているが、王子相手なので誰も何も言えなかった。

「はぁ、行ってくるわ」

「頑張って」

リーゼは立ち上がって第二王子のほうへ歩いていく。

「ハーライト殿下」

「リーゼロッテ嬢か。なんの用だ？」

「あまり婚約者ではない方と一緒にいないほうがよろしいかと」

「なぜだ？」

「王族の尊厳に関わりますわ。王族が不敬を許すような行いをしてしまえば、学園の風気が乱れます。また、そのような様子は平民をつけあがらせることにもなります」

「なっ、平民を馬鹿にするとは何事だ！　我々貴族は平民の働きのおかげでこうして暮らせているのだぞ！」

たしかにリーゼの言い方はキツいけど、道理は通ってる。

第二王子の言う通り、貴族や王族の生活の土台は平民だけど、その平民が王侯貴族を敬わなくなったら国は終わっちゃう。それに平民しか見ない王族は貴族から見放されて、言い方は悪いけど、無価値な存在になってしまう。

「それがわかるならばこそ、ですわ。王族が甘いと思われてしまえば、民が暴走します。これは極論ではありますが、ありえない未来ではありません。それに殿下の婚約者は王命で決まったものです。王命は絶対。気に入らないからと、蔑《ないがし》ろにしていいものではありませんわ」

「うるさい！　この俺に物申すなど、不敬だぞ！」

「私《わたくし》は陛下より許可をいただいております。今一度、自分の行いがもたらす未来をよくお考えくださいませ。それでは失礼いたします」

リーゼは捲し立てるように話すと一礼し、制服のスカートを翻してこっちに戻ってくる。顔には出てないけど、相当頭にきてそう。まあ、あれは頭にくるよね。なんでこんなに話聞かないの？　って。

「待てっ、リーゼロッテ嬢！」

「何か？」

「兄上はお前みたいな女のどこがいいんだろうな！　こんな可愛げのない女なんかやめて、リリアを紹介して差し上げよう！　リリアは私のものだが、そばに侍ることくらいは許そう！」

第二王子はどうだ！　と言わんばかりの表情でリーゼを見る。

バカなの？　いや、バカでしょ。

リーゼを侮辱したことで確実に公爵家を敵に回したことになるのに、ハルト様のことまで……しかも弟なのに、ハルト様がリーゼを溺愛してるってなんで知らないのよ。結構有名なはずだけど？

「言わせておけば……！」

まずい。リーゼがキレる。

感情のコントロールを王妃教育で身につけてるはずだけど、ハルト様が侮辱されて我慢できなかったんだろうなぁ、と人事のように考えていた。

「ノ、ノエル！　早く止めないと、消し炭になってしまいます！」

ミリアが大慌てで私の腕を引っ張る。

リーゼは火属性の魔法が大得意って有名だからなぁ。私が行かなくてもひとりで解決できちゃいそうな気がするけど。

「そうだねぇ」

「現実逃避しないでくださいまし！」

はぁ、とため息をつき、私は怒りに震えているリーゼのもとへ行く。

「なんだ、貴様は」

「少々失礼します、リーゼロッテ様？　お時間ですわ」

私、従者です、みたいな顔をしてリーゼに話しかける。このポンコツ王子相手ならいけるでしょ。

「『共鳴』」

ボソッとつぶやき、風属性の応用魔法を発動させた。今、この第二王子御一行だけ黒板を爪で引っ掻いたような不快音がしているはず。

「うわっなんだ！」

「きゃぁ！」

王子たちが耳を塞いで顔を歪める。

その間にリーゼには落ち着いてもらった。ほんの数秒あれば十分だったようだ。

「ごめんなさいね。もういいわ」

「了解」

魔法を解くと、王子の腰巾着がいきなり私の胸ぐらを掴んできた。

「貴様！　殿下に危害を与えるとは何事だ！　死刑に値する！」

何こいつ。いきなり女子の胸ぐら掴んできたんだけど。身体強化使ってぶっ飛ばして恥かかせてやろうか？

少し物騒なことを考えていると、何か感じ取ったのか、今度はリーゼが間に入って助けてくれた。

「危害？　何かあったかしら。何もなかったわ。ねえ？　皆さん」

公爵令嬢からそう問いかけられてしまえば、食堂にいた生徒たちはうなずくしかない。彼らには実際何も聞こえなかったし、我が身が一番可愛いだろう。こんなことで公爵家に睨まれたくないがゆえの判断だ。

「では、今度こそ失礼いたしますわ。それと、淑女の胸ぐらを掴むなんて、あなたの家はずいぶんと野蛮な教育をなさっているのね。次はなくってよ。行きましょう、ノエル、ミリア」

自分より圧倒的に高位の令嬢に睨まれた腰巾着は顔を青くしてうつむいていた。

こうして、第二王子御一行との初対面は幕を閉じたのだった。

第五章　神の使いと呪いの存在

あの食堂での騒動から三か月。私は授業を休んで研究に明け暮れていた。

もちろん先生に許可は取ったよ？

研究は特待生扱いで入学する平民にとって、今後の生活がかかっているかなり大切なこと。私は成績がよく、基礎は十分ということで休んでも問題ないとあっさり許可が出た。

だからここ最近は研究室にこもって一日中研究中。

設備が整っていて、それなりの額が研究費用として支給されている。この機会を活用しない手はない。今までは魔法学の研究ばかりだったけど、前から興味があった薬学にも手を出してみた。

コンコン。

「はい」

ノックの音がしたので一旦作業を中断してドアを開ける。

「あれ、ハルト様」

「久しぶり、ノエル」

そこには、ハルト様と見知らぬ男子生徒が立っていた。プラチナブロンドのハルト様とは対称的に、ダークブルーの髪をしたその人はクールという言葉がよく似合うイケメンだった。

「どうしたんですか？」

「実は君に頼みたいことがあってね」

ハルト様が開口一番切り出した。

「頼みたいこと？　あ、中へどうぞ。少し散らかってますけど……」

「いきなり押しかけたこちらが悪いからね」

ソファへ案内して、普段彼らが飲んでいるものよりは安物ではあるがとりあえず紅茶を出し、自分も席に着いた。

「それで、頼みとは？」

「俺が言おう」

どうやらハルト様は付き添いで、用があるのはクールなイケメンのようだ。

「俺は、ヴィンスレット・クレイス。ハルトとは幼馴染だ」

クレイスと言えば、リーゼとは別の公爵家だっけ。

「ノエルです。初めまして」

クレイス公爵子息はひとつうなずいてから、口を開く。

「単刀直入に言う。俺の契約獣を診てほしいんだ。不調を治してほしい。無理なら正直にそう言ってくれ」

あまりにも単刀直入すぎない？

できるだけ話したくないって感じがする。めちゃくちゃ無愛想だし。ニコニコしてるハルト様の隣にいるから余計むすっとして見える。

「ヴィンス、そんな嫌そうな顔するなって。悪いね、ノエル。こいつは大の女嫌いなんだ」

そう言えば、たしかクレイス家の嫡男は女嫌いで有名って聞いたこと、ある気がする。

ってことは彼がそうかな？　言葉に棘があるし、冷たい印象だ。

「光魔法が得意なやつでもないのに、なぜ彼女に相談するんだ？」

「まぁまぁ、ほんとごめんね」

「いえ、婚約者のいない公爵家の子息なら相当女性に人気でしょうし、グイグイいくタイプの女性はなんというか、その……すごいですから。結果、女性が苦手になる人もいると聞きます」

実際、前世では知り合いに肉食系女子がいた。ほんとに怖いからね。あれは獲物を狩る肉食獣の目だった。

「そう言ってくれるとありがたいよ。それで、こういう正体不明の不調は闇属性の第一人者である君に相談したら何かわかるんじゃないかと思って、紹介しようとしたんだけど、嫌がってねぇ。まぁ、契約している聖獣のためって納得はしてくれたけどね」

「え！　その聖獣は？」

「こいつだ。名前はセロ」

クレイス公爵子息が左の手の甲に触れると、淡い光を放ちながら模様が浮き出てきた。そしてそこから飛び出すように現れたのは、美しい大きな白い狼。

魅惑のモフモフ。なでさせてくれたりしないかな。さすがにダメかな。

「これが聖獣……たしか、クレイス家は代々聖獣と契約できる血筋なんですよね。って、これは……」

「何かわかるのかい？」

聖獣とはこの世に四匹しかいない神の使いとされる獣で、その毛並みは一様に白いと聞く。

並の人間や魔物では傷つけることすらできないほど圧倒的な魔力を有し、聖獣に認められた契約者を命に換えても守ると言う。

しかし、美しさは損なわれていないものの、今や自力で立っていられないほどその聖獣が弱っているのは見て取れた。そして、うっすらと闇属性の気配がする。

「衰弱しきってる……とりあえず場所を変えましょう」

ソファーから立ち上がり、大きな台が置いてある隣の部屋へ移動した。

「この部屋は？」

「薬草を調合したりする部屋です。聖獣を載せられそうな台がこれしかないので……毛布を敷くのでここに載せてください」

いつだか読んだ本曰く、本来の聖獣の大きさは余裕で人間ふたり分くらいはあるらしい。ただ、この小型犬のサイズの聖獣ならこれで間に合うだろう。

「……わかった」

「では、診てみますね」

鑑定を発動する。

[名前] セロ
[種族] 聖狼《フェンリル》
[称号] 神の使い、ヴィンスレット・クレイスの契約獣
[加護] 創造神の加護
[状態] 呪いによる衰弱

この子、呪われてる。

……神の使いである聖獣を呪うなんて正気じゃない。

「呪いで弱っているようですね」

「何⁉」

「ヴィンス、聖獣に呪いをかけることは可能かい？」

「聞いたこともない！」

それもそのはず。闇属性持ちが何百人も命と引き換えに呪いをかけて、もしかしたら、ってところのはず。そんな力のある生き物を呪うなんて、一体どうやって……

あ、でも……

「もしかして、聖獣に呪いをかけることはできなくても、クレイス公爵子息に強力な呪いをかけた、とか……？」

「ではどうしてセロが！」

「落ち着いて、ヴィンス」

身を乗り出した公爵子息をハルト様が慌てて取り押さえる。

「きっと、呪いを代わりに受けたんです。おそらく呪いをかけた術者は瀕死でしょうね。呪いには代償が必要ですから、ここまで強い呪いとなると生きているかも怪しい」

「そんなこと……いや、聖獣ならば……」

ハルト様は思考の海に沈んでいってしまった公爵子息を見て、もう押さえる必要がないと判断したようで、私に質問する。

「解呪できるのかい？」

「可能です。かなり強力な呪いですが、私なら」

「本当か？　ハルト曰く、お前は闇と氷属性だろう？」

実は全属性使えます、とは言えない……

そのことを知っているのは王家とリーゼの家、そして騎士団のひと握りの人たちだけ。助けを求めてハルト様を見ると、小さくうなずいた。うーん、話してもいいってことかな。

「解呪……してくれないか？　頼む。家族なんだ」

「わかりました」

答えに困っていると、属性についてはそれ以上何も聞かずに流してくれた。それに、基本的にプライドの高いはずの貴族が頭を下げている。私が平民なのは聞いてるだろうに。

きっと身を挺して護りたいと聖獣が思うくらい、いい人なんだろうな。

すぅ、と深呼吸をして気持ちを落ち着かせて魔法を発動する。

『透視』」

聖獣の体に手を当てて魔力を流し、光属性の応用魔法である透視で体の中を診る。

「集まれ」

聖獣……セロの体中に広がっている黒いモヤのようなものが、ちょうど私の手のあたりに集中し、球体のようになる。

「『束縛』」

一点に集まった黒い球体に光の鎖が巻きついた。そして、そのまま負担がかからないようにゆっくりと体の外に引き出す。

黒い球体は出るのを嫌がるように体の中に戻ろうとするが、丁寧に引っ張り上げる。やがて、黒い球体が外に出てきた。全部出た瞬間に光属性の結界を張り、周囲へ影響を及ぼさないようにする。

最後にセロに治癒魔法をかけて解呪は完了だ。

「終わりました」

荒かったセロの呼吸が少しずつ安定してきた。

ミスすればセロの命に関わる可能性があったから、ものすごく集中していたみたいで額から汗が流れていた。汗をハンカチで拭って安堵の息をつく。これでひと安心かな。

「この呪い、どうしますか？」

「どうするって……」

「どうできるの？」

「呪い返しとかですね。あ、返す分には負担はかかりませんよ」

「いや、いい。こちらで犯人を捜して裁く」

クレイス公爵子息は少し悩む素振りを見せたあと、そう言った。

「わかりました。では、処分しますね」

グシャリと握り潰すと、光に押されて黒い球体は消え去った。

「セロは……もう大丈夫か？」

「はい。今は眠っているだけなのですぐ目を覚ましますよ。その間、よければ先ほどの部屋でお茶でもどうですか？　淹れ直しますよ」

「いただこうかな」

「ああ」

隣の部屋に戻りお茶を淹れ、ふたりの向かいのソファに座った。

「セロを助けてくれて、ありがとう」

「いえいえ、お役に立てたようで何よりです」

セロの体調が良くなったのを見てから、公爵子息がどことなく優しくなった気がする。

「女嫌いのヴィンスもノエルは平気みたいだね」

「恩人に失礼な態度はとれんだろう」

「ふふ、仲がいいんですね」

「幼馴染で、小さいころから遊んでいたからね」

「なるほど。憧れます、そういうの」

ファウトは小さいころからの知り合いだけど、幼馴染って言うのかな？

「ところでノエルはなんの研究をすることにしたの？」

「よくぞ聞いてくれました！　ＭＰ回復薬について研究します」

「ＭＰ回復薬？」

前世では異世界のポーションといえば、ＨＰ、ＭＰ回復薬だった。

だけど、この世界はＨＰ回復薬はあっても、ＭＰ回復薬がないのだ。正確には『マナ草』という草を食べるとＭＰが回復するけど、ものすごく苦くて青臭いのでみんな好き好んでは食べない。

「はい」

「そんなものを実現できれば、魔力の枯渇で死ぬ人が減るぞ……！　今はどの段階まで来てるんだい？」

やっぱり、魔法を使う人たちにとってＭＰの枯渇は死活問題だよね。

「飲んでみます？」

「え……あ、味は……？」

どうやらハルト様はマナ草を食べたことがあるようだった。

「スッキリミントの味です」

「ずいぶんと爽やかになったな」

「じ、じゃあ……」

この人意外とチャレンジャーなんだよね。王子だよね？

「効果は？」

ハルト様は渡した薬をまじまじと見ながら言った。

「ＭＰが５００減ります」

「減るのかよ!?」

「味をどうにかしないと、自分で飲んで試すにしても飲めないので、味に重きを置いたんです。でもこれでもマシになったほうなんですよ？」

「これで……なら前は？」

「ＭＰが１０００減りました」

ふたりしてドン引きしないでよ。こっちだって手探り状態で頑張ってるんだから。

「ノエル嬢は一体どのくらいＭＰがあるんだ？」

「ステータス見せてあげたら？」

「え？　いいんですか？　国家機密レベルなんじゃあ……」

そう言うと、国家機密のところにクレイス公爵子息が反応した。

「国家機密？」

そうだよ、とハルト様がうなずいた。そして、私のためになるからと続けた。

なるほど。私の秘密を知る人を学園内に増やして自分を守れるように、ということか。公爵子息には秘密を話しても大丈夫なのだろう。

「あぁ、そういうことですか。ありがとうございます」

『ステータス開示』と唱え見慣れた画面を表示する。

あ、ユニーク魔法とか聞かれると面倒なことは隠蔽。でもなぜか愛し子だけは隠蔽できなかった。なんでだろう。隠すなってこと？

「な！　こんなステータス見たことがないな」

「私も同じ反応をしたなぁ」

懐かしいなあ、とハルト様はほのぼのと言った。

「愛し子？　しかも全属性所持？　……そういうことか、だから解呪し、セロを回復させることができたのか。愛し子ならセロが大人しくしていたのも理解できる」

「そんなわけで、ヴィンスはノエルが困ってたら助けてあげてね。国から出すわけにはいかないから」

「本音が出てますよ」

「今さらだろう？」

「わかった。セロを助けてもらった恩があるしな。何か力になれることがあれば遠慮なく言ってくれ。それと、俺のことは名前で呼んでもらってかまわない」

「では、ヴィンスレット様とお呼びしますね！」

「うんうん、ふたりが仲良くなってくれてうれしいよ」

和やかな雰囲気でお茶を飲んでいると、ガチャリとドアが開いた。

『坊』

低い声が聞こえた。

声のしたほうを見ると、セロが自分の足で立っている。

「セロ！　もう大丈夫なのか？」

『うむ。体が軽い』

「よかった……本当にありがとう、ノエル嬢」

「いえいえ」

『ありがとう。愛し子ノエル』

やっぱり聖獣にはわかるんだ、そういうのって。

「お役に立てたようで何よりです」

『何かあったら力になろう。なんでも相談してくれ。何、恩返しだ』

セロの声は声帯から出ているというよりは、頭に直接響いてくる感じだった。

「恩返しなんて別にいいのに」

『助けてもらったのに恩を返さないなど、創造神様になんと言われるかわからん……あの方はノエルを可愛がっているからのう』

「じゃあ、お言葉に甘えさせてもらいます」

『うむ！』

さっきまでの弱々しい姿からは想像できない、元気な声でセロが吠えた。

長居するのもよくないと言うので、研究室の外までふたりと一匹を見送る。

「世話になった。ノエル嬢」

「いえ、また何かあれば、基本ここにいますのでいつでもいらしてください」

「本当にありがとう」

ヴィンスレット様が再び頭を下げた。

「あ、頭を上げてください！」

今、研究室棟に部屋を持つのは私とリリアのふたり。

とはいえ、いつ誰に見られるかわからない。身分の高いふたりが平民に頭を下げているところを見られようものなら、お互い問題になってしまう。

「何かあれば頼ってくれ。失礼した」

ヴィンスレット様は最後に少し笑うと、セロを連れて去っていった。今までほぼずっと真顔だったヴィンスレット様の微笑みは破壊力抜群で、直視できずに目が泳いでしまった。

「またね、ノエル」

そのうしろを、手を振りながらハルト様が続いていった。

「はい！」

こうして、一難去った。だけど結局、誰がこんなことをしたのかはわからないままだ。まぁ、貴族社会は闇が深い。あのふたりが調べ上げるだろう。

「あ、お昼食べ忘れた」

ぐうう……となったお腹に手を当ててつぶやいた。

今ならまだ食堂やってるかも！　と一抹の希望を胸に部屋をあとにした。


このとき私は部屋の鍵を閉め忘れ、後悔することになる。

◆
◆
◆

「出ていった」

あの女が出ていったのを見計らってわたし――リリアは研究室へ近づいた。

「あれ、鍵がかかってない」

不用心な女。こっそり部屋へ入ると、思わず口元が緩む。

あの女の研究室からリーンハルト様とヴィンスレット様が出てきたのはムカつくけど、これであの女のいつも澄ましたヘラヘラした顔が崩れると思うと、笑いが止まらない。

「見てなさい。この世界の主人公はわたしなのよ！」

机の上に置いてあったカゴの中から瓶を掴み、偽物にすり替える。

「たしか、マナ草から作ったミント味のＭＰ回復薬ね」

あの女に一泡ふかせてやる！

◆　◆　◆

夏休みまで残り数日。

今日は王宮で学内研究の中間発表会だ。特待生である平民はこれに参加する義務がある。王宮の研究者たちから助言をもらう場なので、完成してなくともかまわないとユリウス先生に言われた。

私は今回ＭＰが50増えるＭＰ回復薬を持ってきた。あれから改良を重ねた結果、やっとプラス効果を出せたのだ。

中間発表会では王宮魔法師団《おうきゅうまほうしだん》の発表も同時に行い、特待生はそのあとでの発表になる。ひとり、またひとりと発表をし、それに対して質問や助言が飛び交う。

自分にはない視点があり、結構ためになる。ふんふんと聞いていると、突然私も意見を求められた。どうやら私が昔書いた論文を読んでいたらしい。せっかくだし、と口を開くと横槍が入った。

「おい！　なぜリリアには聞かない！」

なんでポンコツ第二王子がここにいるの……

「ハーライト殿下。何もわからない者に聞いても時間の無駄です」

「何っ！」

たしかに。リリアは第二王子とイチャつくのに忙しそうで、話聞いてないっぽいし。

「さっさと次に行きましょう。みなさん忙しいので」

四十代のイケオジがめんどくさそうに言った。彼は薬学面で国にかなり貢献している人だから、王子でも強くは言えないのだろう、第二王子はぶすっとした顔で黙った。

それからしばらくして王宮魔法師団《おうきゅうまほうしだん》の発表が終わり、いよいよ私たち特待生の番になった。

「私からやります！」

順番は決まっておらず、勢いよくリリアが手を上げた。そんなに自信あるの？

「えーっと、リリア嬢。テーマは？」

「魔力回復薬です！」

そう言うと、テーブルの上に瓶を置いた。

「は？」

思わず声が出たのは仕方がない。

だって、あれは私の作ったものだったから。どうしてあなたがそれを持ってるの……？

固まる私を見てリリアがニヤリと笑った。

「このＭＰ回復薬はＭＰが１００回復します。これがあれば、魔力が不足して亡くなる人が減ります！　味はミント味で飲みやすくなってます！」

リリアの発言を聞いて、第二王子は声を上げる。

「さすがリリア！　そんなに人のことを考えているなんて！」

「ちょっと、どうしてあなたがそれを持っているの⁉　それは私の研究！　まさか盗んだの⁉」

「きゃぁ！　何を言ってるんですかぁ。ノエルさん怖い……」

リリアは第二王子に飛びつくようにして隠れて泣き真似をし、ニヤニヤしながらこっちを見てくる。

「貴様！」

今にも飛びかかろうとする第二王子をまずいと思ったのか、さっきのイケオジが間に入った。

「まぁまぁ落ち着きましょう。ではリリア嬢。効果を実証してみてください」

「はい！　では、こちらが今のわたしのＭＰです。飲みますね」

「ダメ!!」

私は慌てて止める。

だが、リリアは魔力を測る水晶で今の魔力量を提示した直後、瓶の中身を一気に飲み干してしまった。

ほんと、どうなっても知らないよ。

「グッあああああ!!　ぐるじい！　オエェェェ」

あまりの苦しさに喉をかきむしり絶叫し、のたうち回っている。

「リリア!?」

「リリア嬢!?」

「あーあ」

三者三様の反応。私は慌てることなく、冷たい目でリリアを見つめる。

そのことに気づいた第二王子が怒りながら問いつめてきた。

「これはどういうことだ！　貴様、リリアがこうなることを知っていたな！」

「はい」

「どう言うことか説明してくれるかな？　ノエル嬢」

イケオジも自分の分野に関することで気になるのか、聞いてきた。

「さっきも言ったように、それは私が作ったものです。だから知っているのですが……その濃い緑はＭＰが増えるのではなく、減ってしまうのです。普段使う生活魔法や初級魔法では一度に１００も魔力を消費することはありません。ですので、慣れていない体が拒絶反応を起こし、激痛が走るのです」

「ノエル嬢が作ったのならば、君もああなったのか？」

研究者のひとりが倒れこんでいるリリアを見て言った。

「いいえ。私は上級魔法を使うことがあり、一度に多くの魔力を消費することに慣れています。それに私は魔力量が多いので、針で少し刺された程度の痛みしか感じませんでした」

「嘘だ！　貴様、毒と入れ換えたのだろう!?」

「私がＭＰ回復薬を研究していたことは王太子殿下やリーゼロッテ様など、たくさんの方が知っています。嘘だとおっしゃるなら確認を取ってみては？」

「くっ……！」

「で、こちらが本当のＭＰ回復薬です」

リリアの口に鞄から出した瓶を突っこんで飲ませると、荒かった息が落ち着いてきた。

「これはMPが50増えます。ただ、大人の平均魔力は２０００から３０００ほど。より効力を上げなければ魔力の枯渇で動けなくなり、殺されることを防ぐことができません。ですので、そこが改善点ですね。味はミント味でおいしいですよ」

「ふむ……そこまで説明できることを考えると、リリア嬢がノエル嬢の研究を盗んだようだな。このことは陛下に報告します」

イケオジ研究者さんのおかげで一旦事態は収まった。

それにしても薬が盗まれていたなんて……対策を考えなきゃ。

「では今回はこれで解散とします」

中間発表会が終了し、私が帰ろうとすると、第二王子に支えられたリリアが鬼の形相で睨んできた。今回のことを考えれば、無視するのはおもしろくないので、余裕のある表情で笑いかけておいた。

ざまぁ。

そういう意味をこめて。私、案外性格悪いから。

閑話　ノエルという少女

ノエル嬢にセロを助けてもらってから、少し経った。あれだけ具合が悪そうだったセロも、今は以前のように元気になっている。

あれから部屋でひとりになると、俺――ヴィンスレットは彼女のことをよく考えるようになった。

彼女のことを初めて知ったのは、ハルトに久しぶりに会ったときだ。

何やらうれしそうな様子のハルト曰く、「平民のおもしろい子に会った」と。そして彼が溺愛するリーゼロッテ嬢とすぐに意気投合し、仲良くなったと語っていた。

ハルトはともかく、淑女の鏡と言われるリーゼロッテ嬢と仲良くなる子に少しだけ興味を持った。だが会う機会には恵まれず、セロの呪いを解呪してもらったときに初対面した。

セロは聖獣だから、呪いや病にかかったところを見たことがなかった。しかし、突然弱って倒れてしまったのだ。

俺は寝ずにセロを治す方法を探し続けた。

そんな俺を見かねて、ハルトが例の平民のところに俺を引っ張っていった。俺は平民に治せるわけないと思うと同時に、不思議だった。ハルトが光属性ではなく、闇属性を持つ平民のもとへ向かったから。

彼女……ノエル嬢を見たときはきれいな子だと思った。立場上、たくさんの令嬢と会ってきたが、あそこまできれいな銀髪は見たことがなかった。瞳も輝いているような金色で美しかった。

事情を話すと、彼女はすぐに動いてくれた。

セロの衰弱の原因は、俺に向けられた呪いを代わりに受けたからだった。

おそらく俺がハルトの右腕であることが気に入らない奴らがやったのだろう。早急に見つけなければ。まあ、術者自身は呪いの影響で瀕死らしいが。

だが、必ず黒幕がいるはずだ。

そのあとノエル嬢をたびたび見かけた。見かけると、つい目で追ってしまう。

それに気づいているのか、そのたびにハルトがニヤニヤしていた。正直うっとうしい。

基本友人といるが、研究室にこもっているときはひとりでフラフラ歩いている。どうやら研究に熱中してしまうタイプのようで危なげだ。何か差し入れでも持っていこうかと思ったが、萎縮してしまうかもしれないと思ってやめた。

また、見ていて気づいたが、彼女は一部の令嬢たちにあまり好かれていないようだった。むしろ嫌われている。

まあ、それもそうだろう。彼女は王太子や筆頭公爵令嬢と交流があるのだから。

最近、気づけばノエル嬢のことばかり考えている。彼女が平民ということが理由なのかはわからない。ただ少なくとも、ほかの女性やもうひとりの平民にはない感情があった。

あの子を守りたい……と。

第六章　夏休みのはじまりと冒険の日々

今日から夏休み。騎士団に一度戻って出かけようとすると、みんな寂しかったらしく、いい年した大人たちがおいおい泣きながらもう少しいてくれと泣き叫んでいた。

休みの間にできるだけランクを上げておきたい私は、依頼が終わったら帰ってくるつもりだし……まあ、放置でいいか、と冒険者ギルドへ向かった。

「あ、ノエルさん！　お久しぶりです」

ギルドへ入るとメルフィさんがいた。

「お久しぶりです。依頼を受けにきたんですけど、何かいいの、ありますか？」

「少々お待ちください」

メルフィさんはそう言うと、私のためにいくつか依頼を見繕ってくれた。

「ランクを上げたいのなら、こちらのブラッディベア討伐ですかね。皮の状態によってはすぐにランクアップできます」

「じゃあ、それでお願いします」

「はい！　かしこまりました。それではギルドカードをお預かりいたします」

「はーい」

カードを渡すと、受付を済ませてくれた。

「それでは、お気をつけて！」

「行ってきます！」

ギルド側の南門を抜け、森の中に転移する。

そうそう、この転移魔法も最近できるようになったんだ。一瞬で移動できて便利だけど、すっごく燃費が悪い。魔力が多いからできる芸当って感じ。というのも、行きたい地点まで薄ーく魔力を広げる必要があるんだよね。人目がある場所ではやるな、ってルイさんに禁止されてる。

「『サーチ』」

森の真ん中で探索魔法をかけた。

いた！　一キロ先に一体見つけた。身体強化を使い、走っていく。

「見っけ」

気配を消して木の上から様子を窺う。ブラッディベアはAランクの血気盛んな熊の魔物。あと、どれだけ血抜きして下処理しても臭すぎて食べられない。そのため、毛皮しか需要がないのだ。

「さてと、やりますか」

木の上から飛び降りて、腰の短剣を引き抜いた。そして背後から首を狙って短剣を振るう。しかし気配に敏感なブラッディベアに気づかれてしまい、急所を外した。

「ガアアアアア！」

ブラッディベアの雄叫びに木々が揺れ、魔物ではない野生動物が逃げていく。

「仲間を呼ばれると面倒だから一気に行くよ」

地面を蹴り、懐に飛びこむ。するとブラッディベアが鋭い爪を振り下ろしてくる。

そんなの予想通り。図体がでかいと、それだけ攻撃も単調になる。瞬時に自分の足元に風属性の結界を張り、固有特性の物体を跳ね返す力を利用して横に跳ぶ。そしてついに仕留めた。

「ふぅ」

返り血を水魔法のクリーンできれいにし、アイテムボックスにブラッディベアを収納してから、森の奥に進んでいく。

途中で実験に使うマナ草を摘みつつ、ブラッディベアや遭遇したほかの魔物を狩りすぎに注意しながら狩っていく。

お昼はそのまま森で、アイテムボックスに入れていたサンドウィッチを食べた。そして、夕方になると、再び森の外に転移して南門を通って、ギルドで狩ってきたものを鑑定してもらう。

無事に冒険者ランクがCにレベルアップし、報酬を受け取って騎士寮へ帰った。そのうち対人任務も受けなきゃな。


早いもので夏休みも残り一週間。タイミング悪く対人任務がなく、ランクアップしないままだった。騎士団で剣の稽古をしたり、ギルドで予算オーバー分の研究費用のためのお金稼いだり、時々リーゼとミリアのふたりと遊んだりしているうちに夏休みは消えていった。

今日もまた冒険者稼業。ブラッディベアのときとは別の森でレッドウルフの討伐。名前の通り赤い体毛を持つ、火属性の狼型の魔物。群れでの攻撃が特徴だ。

なかなか索敵にヒットしなくて、どんどん奥に入っていくと、見たこともない洞窟があった。

「おかしい……こんなところに洞窟なんてなかったはず」

幼いころから何度も来ているこの森。

そういえば、今日は森に入ってから生き物をまったく見ていない。学園へ行っている間に、この森に何かあったのかな……？

目の前の洞窟を見据え、意を決して中に入る。

「『ライト』」

ボワッと周りが明るくなる。警戒しながらゆっくり進む。

「これは……血？」

点々と血の跡が地面についていた。そして、這いずったような跡もある。

その血の跡を追って奥へ進んでいくと、開けた場所に出た。

「鳥？」

ダチョウほどの大きさの美しい純白の鳥が横たわっていた。しかし、そのきれいな羽も血と泥で汚れてしまっている。

「怪我をしているの⁉」

体のいたるところに負った傷に加え、翼も折れてしまっている。

回復魔法をかけるために近づこうとすると、鳥が閉じていた眼を開けた。

『近づくな、人間！』

その声にビクッと身をすくませてしまったが、回復しないと死んでしまう。そう思って再び近づく。

『近づくなと言っているだろう！』

「え、喋れるの？」

思わず。本当に思わずつぶやいてしまう。そういえば、さっきもしゃべっていたな。あまりの驚きで完全にスルーしていた。

『当たり前だ！　私は何千年の時を生きる不死鳥ぞ！』

不死鳥はグッタリしているが威嚇をやめない。

「てことは、聖獣!?　とっ、とにかく！　怪我を治させてください」

『断る！　人間なんぞの力など……！』

不死鳥はそう怒鳴ると、ファイヤーランスを複数作り出して攻撃してきた。だが相当体力を消耗しているようで、その威力は弱く、狙いが定まらないのか、頬を掠っただけですべて壁に当たって消えてしまった。衝撃で天井から石がパラパラと落ちてきたが、崩落の心配はなさそうだ。

「治療をさせてください。このままだと死んでしまいます！」

『何度言ったらわかる。必要ない……！』

そのとき、洞窟の入り口から人間の声が反響して聞こえてきた。

「ここに……が……を捕まえれば……が復活する……」

「殺せ……永遠の……」

ガチャガチャと鎧の音も聞こえた。内容からしてこの不死鳥を狙ってる？

『もうこんなところまで来よったか！』

「その怪我はあいつらが？」

『……不覚にも』

意外と近かったようで、そう話している間に、十人ほどの黒ずくめの男が私たちのいる場所までやってきた。

「いたぞ！　不死鳥だ！」

「なんだ？　誰か一緒にいるぞ！　女か？」

『ギャオオオ！』

「不死鳥は生け捕りだ！　どうせもう飛べない！」

「了解。女は？」

「ふむ……」

男たちはジロジロとこっちを見てきた。視線が気持ち悪い。

「容姿は悪くない。女は犯してから奴隷として売ろうぜ！」

男たちはゲラゲラと下品に笑いながら剣を抜いた。

『おい。貴様だけでも逃げろ』

「嫌ですよ。それに私、結構強いんで」

愛剣を抜き、構える。こういう場面は初めてだけど大丈夫、私ならできる。念のため、不死鳥には結界を張っておく。

「ふっ」

一気に距離をつめ、剣の柄頭部分を素早く鳩尾に叩きこみ、そのまま体術と魔法で三人気絶させる。さすがに殺すのは無理。

「なっ、いつの間に！」

「殺せ!!」

男たちはやけになって剣を振るうが、空《くう》を切るだけ。

「魔法だ！　魔法を使え！」

「バカ、やめろ！」

こんなところで一斉に強い魔法なんか使ったら、この場所は崩れかねない！

しかし頭が悪いのか男たちは魔法を打ち、そのたびに洞窟が激しく揺れる。天井部分から落ちてくる石も多くなってきた。

「まずい……」

残りふたり。このふたりはかなり手強い。

「でも、ルイさんほどじゃない！」

剣を交わし、ふたりの急所を突く。

「はぁ……はぁはぁ」

気絶している男たちを前に、私は息を整えて、剣を鞘に戻す。

『人間……』

「怪我、治しますね」

不死鳥に再び向き合った。

『おい！』

制止の声を無視して完全回復《パーフェクトヒール》を使う。すると、みるみるうちに傷が治っていき、荒かった不死鳥の息も整ってきた。これでひと安心と思った矢先、ゴゴゴゴ！　と大きく地面が揺れる。

「まずい！　崩れる！」

『チッ。掴まれ！』

不死鳥が自身の尾を差し出してくる。

……時間がない。

慌てて掴むと、不死鳥は特大のファイヤーボールで天井に穴を開け、空へ飛び立った。

「うわぁ！」

不死鳥は一気にスピードを上げ、森の木々より高く舞い上がり、洞窟が崩れ去るのを見届ける。

それからそっと地面に降り立った。

「ふぅ……ありがとうございます。助かりました」

『礼を言うのは私だ、感謝する。それと、先ほどまでの非礼な態度を詫びよう。愛し子よ』

「え、そんな！　謝らないでください。人間を警戒するのも当たり前だとわかりますし……」

慌てて言うと、不死鳥は下げていた頭を上げた。

『お前、名はなんという？』

「ノエルです」

『そうか。時にノエル。お前には家族がいるか？』

「いません。でも、家族のような人はいますよ。まあ、遠慮しちゃって、なかなか本当の家族みたいにはできないんですけど……」

『そうか……では、私と家族にならないか？　恩を返すためにも。それに私はお前が気に入った！』

「えぇ!?　ど、どういう……？」

『簡単に言うと契約だ。私は永い時を生きてきた。ひとりは、寂しい……』

慈しむような瞳で見つめられる。それは私の心の奥底にある孤独に寄り添うような眼差しだった。

「家族になってくれるんですか……？」

『うむ。お前がいつか結婚して家族を得るまで……いや、得ても家族だ』

そう言うと、不死鳥は頭を私の頬に擦りつけてきた。

『私の名はグレンダジェス。ノエルとの契約を今ここに神に宣言する』

不死鳥……グレンダジェスがそう言うと、突然天から祝福するように光が降り注ぎ、私の手の甲に契約紋が現れた。

「これって……？」

ヴィンス様がセロを呼ぶ際に手に現れていた模様と同じ？

よく見てみると、ペンタグラムのような形をしている。

『契約紋だ。普段は見えないようになっているが、紋に触れて魔力を流すと、離れたところにいても聖獣を呼べるのだ。そして私もこの紋を通してお前のもとへ行ける』

なるほど。そういう仕組みね。

『これからよろしく頼むぞ、ノエル』

「うん、よろしくね、グレンダジェス」

私はぎゅっとグレンダジェスの首に抱きついた。

「グレンって呼んでもいい？」

『ふふふ、かまわんぞ。というかそのほうがいい。本当の名は、契約者のみが知っていればいい』

「わかった。でも……」

『？』

ルイさんたちにどう説明しよう？　まあいいか、そのまま伝えればいい。

その日、私は家族を得たのだった。


聖獣グレンと契約して家に帰ると、やっぱり大騒ぎになってしまった。

騒ぎを聞きつけてやってきたルイさんに引きずられて、現在ルイさんの執務室。ルイさん、レイファスさん、私そしてグレン。防音結界を張ってある。

「それで？」

「えぇっと、このたび聖獣のグレンが家族になりました」

「なんでそんなことに？　聖獣は滅多に人と契約しないはず……」

「ギルドで依頼を受けて森へ行ったら、見知らぬ洞窟があって……入ってみたら、いた」

「いた、じゃないだろう!?」

ルイさんの大きな声に、思わず身をすくませてグレンの首にしがみついた。

『まぁまぁ、そう怒らないでやってくれ』

「聖獣殿……」

『グレンでよい。ノエルは私が怪我をして動けなくなっていたところを助けてくれたのだ』

「聖獣殿が怪我？　いったいなぜ……」

『おそらくだが、あれは邪竜教だろう』

「「邪竜教？」」

『うむ。古《いにしえ》に封印されし邪竜を信仰する奴らだ。私を殺してその血肉を教皇に献上しようとしておった。そうすれば不老不死の体が手に入るからな。たまたま油断をしておったところを狙われた』

「なっ！　その邪竜教の奴らは？」

「私が倒した。襲ってきたのはあっちだから盗賊扱いでギルドに処理してもらった。ギルマスに頼んだから、話は広まってないと思う」

あのあとギルドへ戻って、洞窟の報告と賊の捕縛と引き取りをお願いした。崩落したのはあの空間部分だけだったし、放置しておくと魔物の住処《すみか》になりかねない。

ギルド側は対人依頼としてこの件を処理し、私は無事Bランクへと昇格した。

「そうか……」

『美しい剣捌きだったぞ』

「ありがとう！」

「はぁ……とりあえず、これは王家に報告する」

ルイさんはそのまま頭が痛いと言わんばかりの様子でレイファスさんと一緒に部屋を出ていった。

「私たちも戻ろっか」

そう言って、私もグレンと自室に戻ったのだった。


数日後。

「あいかわらずね、ノエル」

「本当に、なんていうか規格外だね」

「おもしろいではないか」

ここは王宮の一角。完全に人払いされた部屋。そこにはリーゼとハルト様、そして国王陛下。さらに同じ聖獣の契約者として、ヴィンスレット様もいる。

『久しいな、グレン』

『うむ、久しいな、セロ。大きくなった』

聖獣二匹はお互いを知っていて久しぶりの再会らしく、どこかうれしそうだ。

「さて、どういう経緯でこうなったか聞こうじゃないか」

「はい」

そして私はグレンと出会ったときのこと、それからグレンが言っていた邪竜教について伝えた。

「邪竜教か。たしか王家の秘蔵書にあったような……」

陛下が顎に手を当てて首をかしげる。

「奴らの狙いが邪竜の復活だとしたら、まずいことになる。だが、なぜ奴らは不死鳥を狙ったんだ？　教皇が不死になることと邪竜復活に何か関係があるのか？」

「早急に対策をとるべきでしょう」

ヴィンスレット様の疑問にハルト様が答える。ヴィンスレット様の疑問は私も不思議に思ったことだった。なぜ不老不死にこだわるのだろう？

「状況がはっきりしない今、むやみに騒ぐべきではない。よって、このことを口外することを禁ずる」

陛下のその言葉を最後に解散となった。

「ノエル、また学園で会いましょうね」

「うん！　じゃあね、リーゼ」

「ノエル嬢」

「なんでしょう？　ヴィンスレット様」

「同じ契約者として、困ったことがあればなんでも相談してくれてかまわない。あと……」

「あと？」

少し照れくさそうにしながら口ごもっている。

どうしたんだろう？

「……ヴィンスでかまわない。ハルトのことも愛称で呼んでいるようだしな」

「え、いいんですか？」

「ああ」

「わかりました！　ヴィンス様」

私がそう言うと、ヴィンス様はふっと笑って部屋をあとにした。

◆　◆　◆

蝋燭の火が揺らめいている薄暗い一室で、数人の男が集まって話していた。

「例の不死鳥の件はどうなっている？」

「申し訳ありません。邪魔が入りました」

ひとり豪華な椅子に腰かけた男が怪訝な表情になった。

「邪魔？」

「はい。銀髪の女です。おそらく、ノルシュタイン王国の者かと」

「あの忌々しい国か……それにしても銀髪の女？　所属は？」

「わかりません。しかし、服装からして冒険者かと」

「冒険者ごときに我が教団の一部隊がやられただと？　……その女のことを調べろ」

「承知いたしました」

「ああ、あと、クレイス公爵家と契約しているフェンリルだが……無事、主人の呪いを肩代わりしたようだな。だが、死んだ様子はない……あの強力な呪いを解呪した者も調べろ。それと、例の魔道具は？」

「順調です。このままいけば魔力溜まりができ、ノルシュタイン王国でスタンピードが起こります。最短で一か月後かと」

「このまま監視を怠るなよ」

「はっ」

「邪竜様復活に聖獣は邪魔者だ。今存在する聖獣で契約者がいないのは不死鳥のみ。今がチャンスだ。オマケに生きた不死鳥の肉は不老不死をもたらす力がある。必ず捕えよ！」

「はっ！」

「すべては我ら邪竜教の悲願である、邪竜様の復活だ！　そのためには何を犠牲にしてでも封印を解くのだ！」

「すべては我らが悲願のために！！！」

第七章　同級生とのトラブル発生

夏休みが明けて少し経ったある日。

私は学園の裏庭にいた。

それも令嬢数人に囲まれて。

「聞いてますの⁉　あなたのような平民ごときが、王太子殿下やヴィンスレット様と仲良くするなんて生意気ですわ！」

「王太子殿下と仲良くするだけでも厚かましいというのに、ヴィンスレット様とまで！」

面倒。あぁ、面倒くさい。

「ちょっと聞いてますの⁉」

「聞いてますよ。要は自分たちは見向きもされないから私に嫉妬してるんでしょう？」

「なっ！」

「いい気になって……！」

令嬢のひとりが手を振り上げたところで、こんなことになった元凶のひとりが来た。

「何をしている」

「ヴィ、ヴィンスレット様⁉」

「わ、わたくしたちは、その……」

「か、髪に木の葉っぱがついていたので取って差し上げてたのです！」

「そうです！」

「よ、用事を思い出しましたわ！　わたくしたちはこれで……オ、オホホホホ」

令嬢たちは慌てて去っていった。

姿が見えなくなると、ヴィンスレット様が私を心配そうな表情で見てくる。

「大丈夫か？」

「はい、ありがとうございました」

本当に助かった。

ヴィンス様は私の頭をなで、踵を返して帰っていった。

あまりにも自然な動きだったからそのまま見送っちゃったけど、今頭なでられたよね？　イケメンって恐ろしい……

深呼吸してドキドキと鳴り止まない心臓を落ちつかせようとするけれど、しばらくそのままだった。


翌日。

ない……ない。私の髪留めがない。

小さいころに氷魔法で作った桜の髪留め。気に入ってたから大事にしてたのに……

「あら？　ノエル、今日はいつもと違う髪形なのね？」

いつもはハーフアップにしている髪を今日はおろしていた。

「リーゼ……。いつもの髪留めがね、見つからないの！」

「どういうこと？」

「昨日、いつもの引き出しにちゃんとしまっておいたはずなのに……」

「覚えてないだけで、どこか別の場所に置いたとか？」

「うーん」

頑張って思い出してみたけど、部屋に戻るまで外した記憶がない。

「ノ、ノエルさん！」

慌てた様子でクラスメイトが走ってきた。基本的に、貴族女性は急いでいても早歩きまでしかしないのでちょっと驚く。

「あなたはたしか……？」

そして案の定、彼女はリーゼに怒られた。

「はしたないわよ、あなた」

「申し訳ございません！　ですが急いで伝えないと、と思って……」

「何かあったの？」

「実は……」

彼女が言うには、昨日私に絡んできた令嬢たちが私の髪留めを捨てるのを見たということだった。

子爵令嬢の彼女は身分が高い令嬢たちが怖くて回収にはいけず、それでもせめて捨て場所だけでも教えようと走ってくれたそうだ。

私があの髪留めを気に入っていることを知っていて、急いで知らせにきてくれたらしい。

「ありがとうございます！　リーゼ、私、ちょっと急いでいってくる！」

「先生には研究と言っておくわ」

「ありがとう、ふたりとも！」

廊下を走り、階段を駆け下りる。もうすぐ授業が始まる時間だから誰もいなかった。

令嬢が教えてくれた場所まであと少し、というところで前から人が来た。

「わきゃっ！」

「っと、ノエル嬢？」

ぶつかった相手はヴィンス様だった。

「あ！　ごめんなさい、ヴィンス様！」

「いや、別にいいが、そんなに急いでどうしたんだ？」

「あー……実は……」

私はヴィンス様に事情を話した。するとなぜかヴィンス様もついてくると言うので一緒に行くことになった。

「あっ、あった！」

教えてもらった場所に、探していた髪留めは落ちていた。

「壊れてるな」

地面に投げ捨てられていた髪留めを拾う。叩きつけられたのか、踏みつけられたのか、まっぷたつに割れてしまっていた。

「小さいころに作ったものだったので、状態固定の魔法の効果も弱くなっていたんでしょう……お気に入りだったのに」

十年近く愛用していたものなだけあって、すごく悲しいし、ムカついてる。人の物を盗んで壊すとか普通に犯罪だよ。

「そうか。新しい物は？」

「んー、どうしようか迷いますね。もういっそのこと、髪を短く切るのもありだと思いません？」

「……いや、俺は君のきれいな髪が好きだからな。切ってしまうのはもったいない」

ヴィンス様は少し考えたあと、私の髪を一房取るとそう言った。女嫌いのヴィンス様がまさかそんなこと言うなんて思わなかった。

「なっ！」

突然何⁉

イケメンが微笑んでくれるとか、私そういうのに耐性ないからやめてー！

思わず照れてしまい、顔周りの髪の毛を掴んで顔を隠す。

「……っ！　すまない、忘れてくれ！」

「は、はい！」

お互い照れてしまい、少し気まずい空気が流れた。

ヴィンス様の様子をチラリと見ると、言うつもりはなかったようで、手の甲で口を押さえていた。心なしか、顔も赤いような気がする。

「ゴホン。とりあえず見つかってよかった。俺はもう行くが……」

ヴィンス様が咳払いをして話題を変え、なんともいえない空気を変えてくれた。

「私はもう授業も始まっちゃってますし、研究室に行きます」

「そうか、では途中まで送っていこう」

「いいんですか？」

「ああ。あと、この件はハルトにも話しておく」

「別に大丈夫ですよ。これくらいのことは悲しいけど想定内です」

小さなことでも平民が貴族の反感を買うのは、階級制度がしっかりしているこの世界では別にそう珍しくはないだろう。

実際、王太子の手を煩わせるほどのことではない。ハルト様も忙しいだろうし。

「何かあってからでは遅い。不安要素は早々に取り除いておくに越したことはない」

「なんか、すみません。いろいろご迷惑をおかけして」

「いや、かまわない。じゃあ、研究頑張れ」

「はい！」

物を取られるなんて頭にくるけど、相手にしたら負けだと思って、研究に集中集中！

◆　◆　◆

ノエル嬢と別れたあと、ひとりになりたくて人が滅多に来ない場所へ向かった。

銀髪の平民が嫌がらせを受けているらしい、という噂を聞いたのは最近のことだった。

それを聞いたとき、俺はイライラしていた。

陰湿な嫌がらせをするくらいなら、なぜ真っ向から不満を口にしない？　思うことをそのまま口にするのは淑女にあるまじき行為などと言っているが、陰湿な嫌がらせをするのが淑女なのか？

これだから女というものはわからない。

今日、廊下を歩いていたら、曲がり角でノエル嬢とぶつかってしまった。

ずいぶん焦っていたので事情を聞くと、どうやらいつも身につけていた髪留めを盗まれたらしい。友人に教えてもらった場所に探しにいく途中だったようで、探すなら人は多いほうがいいだろうと一緒に行った。

髪留めは探し始めてすぐに見つかったが、壊れてしまっていた。

仕方ない、と彼女は言っていたが、その目は悲しそうだった。髪を切ろうかという彼女にきれいだからもったいないと、社交辞令ではなく、心から思ったことを伝えると顔を真っ赤にしていた。

その表情を見て、素直に可愛いらしいと感じた。女性に対して今までそんなふうに思ったことは一度もない。普段は凛とした印象を受ける彼女とは違う一面。もっと見てみたいと思った。

そのとき、ふと思い出したことがあった。

婚約したばかりのハルトが恋について一方的に語ってきたときのこと。

たしか恋に落ちると胸が暖かくなって、相手の幸せそうな顔がもっと見たくなると言っていた。

あのときは何も思わなかったが、その話をしてくれたハルトに感謝だ。

この感情に名前をつけるなら、それはきっと……

◆　◆　◆

「ねえ、ノエルちゃん、ちょっといい？」

うしろから声をかけられて振り向くと、笑顔のリリアが立っていた。今までリリアが私に笑顔を向けたことなんてなかったし、嫌な予感しかしない。

「リリア……？　なんの用？」

「あのねぇ、お話があってぇ、ついてきてほしいんだけどぉ」

私のことを目の敵にしてるのに、ついてきてほしい？　……何か企んでるな。

行きたくないけど……私を目の敵にする理由も気になるんだよなあ。よし！

「……いいよ」

「ありがとう！　ついてきて♡」

大人しくリリアについていくと、そこは人気《ひとけ》のない倉庫だった。

「で、話って何？」

「あんた、転生者でしょ」

さっきまで被っていた猫を脱ぎ捨て、睨みながら単刀直入に聞いてきた。

確信を持ってそう聞いてくるってことは、リリアも転生者ってこと？

「あのさぁ、わたしの邪魔しないでよ！　意味わかんないんだけど！　わたしはヒロインなの！　全然ゲームと違う！」

私が何も答えないでいると、痺れを切らしたのか怒鳴りつけてきた。その表情は、第二王子に向けているような可愛らしい笑顔ではなく、鬼の形相だった。

「は？　ゲーム？　ちょっと待って、言ってる意味がわからない」

「チッ。いい？　ここは『星降る夜に輝きを』っていう乙女ゲームの世界。ヒロインはもちろんわたし、リリア。攻略対象者は第一王子、第二王子、魔法師団の団長・騎士団の団長それぞれの息子と、シークレットキャラで公爵令息のヴィンスレット！　そして、悪役令嬢はリーゼロッテ！」

イライラした様子のリリアはさらに話し続ける。

「なのに、リーゼロッテを嫌ってるはずのリーンハルトとはラブラブだし、ゲームにいないあんたにみんな夢中で、アホなハーライトしか攻略できないってどうなってるのよ！　こんなのバグよ、バグ！」

幼い子どものように地団駄を踏むリリア。

えぇ……どういうこと？

つまり、この世界は乙女ゲームの世界ってこと？　んで、私は存在しないのに攻略キャラと仲がいいから敵意を向けてきてた、と。いや、なんかさぁ……

「バカじゃないの？」

「はぁ⁉」

「あのさぁ、たしかに前世では乙女ゲームだったかもしれないけど、みんな実際に生きて、自分で選んだ人生を歩んでる。ここはゲームの世界じゃない。現実なの。いい加減目覚ましなよ！」

この世界は乙女ゲームの中なのかもしれない。けど、今、私たちはこの世界で生きている。何かに操られているわけでもなく、みんな自分の意思で自分の人生を歩んでいる。

それをいつまで経ってもゲームの世界と同一視して、自分の思い通りにいくと思いこんで……ふざけてる！

「ふざけないで……！　わたしがこの世界の主役なの！　みんなわたしにかしずかなきゃいけないの！　きれいごとほざいてんじゃないわよ！　邪魔者は黙って消えろ！　いうこと聞かないなら、痛い目見せてやる！」

そう怒鳴るとリリアは走り去っていった。

あーあ、行っちゃった。でも私を目の敵にする理由がわかっただけいい、のか……？

「きゃあ！　ノエルちゃんひどい！」

イラッ。廊下を歩いていたら突然前から走ってきて、私の前で転ぶリリア。

「やめてください……わたしが何したっていうんですかぁ……」

イライラッ。魔法学の教室にびしょ濡れで現れて、私の前で啜り泣くリリア。

「いったぁい……ぐすん、もうやめてくださいノエルちゃん……」

ブチッ。食堂でお盆ごと私のそばでひっくり返るリリア。

「だー！　うざい！」

あの話し合い？　のあとからずっとリリアが絡んでくる。一体何がしたいの!?　鏡を見なくても、自分の顔に怒りが出てるのがわかる！

「落ち着いて、ノエル。ここで怒れば向こうの思う壺よ」

キーッと怒り狂う私を、リーゼとミリアがふたりがかりで宥めてくれる。

「でも、どうしてノエルに絡むのでしょう？」

「……。はあ……最近、あの第二王子も何かと突っかかってくるし……なんなの。いや、理由はわかってるんだけどさ……」

そうなのだ。リリアが突っかかってくるということは、基本的にいつも一緒にいる第二王子も突っかかってくる。といっても、こけたリリアを助け起こしながら謝れ！　ってひたすら叫んでくるだけだけど。地味にしんどい。精神的に疲れる。

「理由はわかってるんですか？」

「うん。まあ、気にしなくていいよ。何かあっても対処できる自信しかない」

私が乙女ゲームに存在しないからだよー、リリアの思い通りに動かないからだよー、とはさすがに言えない。

「聞いてほしくないようだし、聞かないわ。でも、何かあったときは迷わず相談してね」

「私たちはノエルの味方です！」

ふたりが私の味方でいてくれるだけで十分心強い。

「うん。ありがとう、リーゼ、ミリア」

リリアは私を排除したいんだろうけど、やり方が幼稚というかなんというか……でも今のままじゃ先生も動けないだろうし、大きくやらかすのを待つしかないかぁ。

「そういえば、もうそろそろ秋の収穫祭ですね！」

私がもうリリアについて話す気がないとわかると、ミリアが話題を変えてくれた。

「もうそんな季節なのね」

「収穫祭！　楽しみだなぁ、おいしいものがいっぱいあるんだよね！　今年もリーゼは豊穣姫やるの？」

「いいえ、今年はハーライト殿下の婚約者のルリアーナ様よ。今年はハルト様とお祭りを見て回る側なの。ミリアは？」

「私も婚約者と。どんなお花をもらえるか楽しみです！」

秋の収穫祭。それはその名の通り秋の収穫と豊穣を祝うお祭り。

毎年貴族と平民からそれぞれ一名ずつ豊穣姫が選ばれる。豊穣姫は教会で神に祈りを捧げたのち、教会の周りに集まった人々へお花を配る。

そして最後に、豊穣姫を馬車に乗せて華やかなパレードが行われるのだ。

「そっか、ふたりは相手がいるからなぁ～。私はひとりで食べ歩きかな？」

「あら、クレイス公爵子息とは行かないの？」

「ヴィ、ヴィンス様と!?　ないない！　私みたいな平民となんて！」

「いいと思いますよ、ノエルは可愛いし、頭もいいし、優しいし。陛下にも認められた優秀な人じゃないですか。お似合いだと思います」

「いや、平民と貴族だよ!?」

「そんなもの優秀であるなら些細な問題よ。貴族の養子に入ればいいのだから。そ・れ・に！　最近仲がいいみたいじゃない。この前もふたりでお茶してたようだし、女嫌いで有名なクレイス公爵子息が仲良くしている女性はあなたくらいよ？」

「あ、あれは休憩がてら食堂に行ったら、たまたまヴィンス様が空き時間にお茶してたようで……誘ってくれたからご一緒しただけ。ふたりが思うようなことは何もないよ！」

あわあわと手を横に振って否定する。顔が真っ赤になっているのがわかる。まさか見られてたなんて……人の恋バナは楽しいけど、いざ自分が、ってなると恥ずかしい……

ふたりは疑っているのか、ニマニマしている。

「うぅぅ……と、とにかく！　そんなんじゃないし違うから！　私、研究が途中なの忘れてた！　また明日！」

耐えきれなくなって無理やりすぎる言い訳でその場を離れた。

「あら、からかいすぎたかしら」

「ふふっ、行っちゃいましたね」

「うう〜」

研究室まで走って戻ってきたあと、手の甲にある契約印に触れてグレンを呼び、そのもふもふな羽毛に顔を埋める。不思議そうな顔をしながら受け入れてくれた。優しい。

本当に、リーゼとミリアが変なこと言うから……

そもそも私は平民でヴィンス様は貴族。越えられない身分差があるし、貴族の養子になったとしても血筋が変わるわけではないので、ご両親も嫌なはず。

私自身、ヴィンス様をどう思ってるのかわからない。

けど、彼がいつか身分にふさわしい令嬢と結婚すると思うと、少し胸が痛む。

「……研究しよ！」

頬を叩いて気合を入れ直す。

まだ今の時点でのＭＰ回復薬は一般へ普及させるには使えなさすぎる。もっと効果を上げて作り方も簡素にしなければ。

そのとき、コンコンとドアを叩く音が響いた。

「？　はーい」

ドアを開けると、ヴィンス様が立っていた。

「突然すまない。すぐに済むんだが、今、大丈夫か？」

「ヴィ、ヴィンス様!?　は、はい！　とりあえず中へどうぞ！」

中へ招いて向かい合ってソファに座る。さっきまでヴィンス様のことを考えていたこともあって、挙動がおかしくなってしまった。

「どうしました？　セロに何かありましたか？」

「いや、セロはノエル嬢のおかげで元気だ。実はその、聞きたいことがあってだな……」

「はい、何でしょう？」

「収穫祭は、誰かと行くのか？」

「いえ、今のところはひとりで回る予定ですが」

「そうか、もしよければ一緒に行かないか？」

え!?　私と？　ヴィンス様が？

「わ、私でいいんですか？」

「ああ、ノエル嬢がいい。もちろん無理にとは言わない」

そう言ってヴィンス様は優しく微笑んだ。

その笑顔に胸がドキドキと高鳴る。顔に熱が集まる感覚がした。

「私でよければ……その、喜んで」

なんとか声を絞り出してうなずくと、ヴィンス様は破顔した。初めて見た表情に自分の顔がマグマのように熱くなった。

「よかった、ありがとう。当日は女子寮の門前まで迎えにいく。時間はいつごろがいい？」

「い、いつでも大丈夫です」

「なら、昼からでも大丈夫か？　食べ歩きも祭ならではだろう？」

「はい、じゃあそれで。楽しみです」

「俺もだ。それでは失礼する。研究頑張ってくれ」

そう言うと、ヴィンス様は出ていった。

確信を得られるほど前世の恋愛経験値は高くないし、今世に至ってはゼロ。

だけど、私って……ヴィンス様のこと好きなのかな……？


「クレイス公爵子息と収穫祭に行くことになったですって⁉　やるじゃない、ノエル！」

「こ、声が大きい！」

何も言わずにお祭り中に鉢合わせた場合、面倒なことになると思って、昨日の一件をリーゼとミリアに教えた。

……だが、失敗だったかもしれない。リーゼは大興奮だし、ミリアは驚いて固まっている。

「すごいです！　あの女嫌いで有名な氷の貴公子、クレイス公爵子息とデートなんて！」

「デートじゃないし……氷の貴公子？」

「そんな呼び名あったかしら？」

「学園で急速に広まりを見せたふたつ名です。学園に入る前と違って、家族以外の人間と会う機会も一気に増え、その結果、学園でふたつ名がつく人も多くないのです。クレイス公爵子息も同じで、入学してから数多の誘いを氷のような冷たさで断ってきたことから、そう名づけられたんです！」

入学前は基本的に家の中で勉強して、外出も領地の外には出ない貴族社会ならでは、って感じだね。それにしてもミリアってもしかして情報通？

「そうなんだ」

氷の貴公子ってなんかちょっと厨二病っぽい。

思わず笑ってしまい、リーゼに怪訝そうな顔をされた。

「ところでノエル。収穫祭で着るデート服は決まってるの？」

「え、制服じゃダメ……？」

あまり服に頓着しないタイプだから、異性とのお出かけに着ていけるようなものは持っていない。

「ありえません！　ダメですよ、ノエル！　気合を入れていつも以上におしゃれをして、クレイス公爵子息をドキッとさせるんです！」

「ミ、ミリア？」

普段はおっとりしているミリアの勢いに圧倒される。

「ミリアはセンスがいいものね、せっかくなら今日の放課後、街に見にいきましょうよ」

「ふたりも街で買うの？」

「はい。この日は貴族も裕福な商家の令嬢くらいの格好をしてお祭りを楽しむんですよ。ドレスだと重くて動きにくいですし。まあ、いつもは街に既製品を買いにいくことはしないんですけどね。

でも、それも楽しいかと思いまして」

たしかに。ずっと前にリーゼがドレスは重いうえにコルセットを締めるから苦しいと言っていた。さすがにそれでお祭りはないか。

「このミリアにお任せください！　今の流行りは熟知していますし、必ずやおふたりに似合うお洋服を見つけてみせます」

「せっかくだからアクセサリーとかは三人で合わせない？　お洋服は形によって似合うものがあるけれど、装飾品はシンプルなものなら基本的になんにでも合うし。ほら、友情の印っていうの？　こういうのは学生の間しかきっとできないから」

「いいね！　装飾品ならいつでも使えるから、ちょっといいもの買う？」

「そうしましょう！　私のおすすめのお店ならご希望に沿う商品があると思います。あ、でも収穫祭では頭につける装飾品は御法度なので、イヤリング、ネックレス……あ、ブレスレットはどうでしょう？」

収穫祭に頭の装飾品は御法度。それは一緒に行った人へ花をプレゼントする習わしがあるからだ。相手に合う花を一輪プレゼントし、もらった側はその花を髪飾りとしてつける。恋人関係にないふたりの場合、このときに贈る側のセンスや相手への理解度が試されるらしい。

「いいわね！　ブレスレットなら学園でもつけられるわ」

私もいいと思う、とうなずいた。お揃いにするものはブレスレットに決まった。

放課後、楽しみだな。

「あー、疲れた！」

「でもいい買い物ができてよかったわ」

「そうですね！　このお揃いのブレスレットは一生の宝物ですし、このお洋服を着てお祭りにいくのがとても楽しみです」

放課後、三人で街へ繰り出して、お店を回った。何店舗か回って、あれでもないこれでもないと、たくさん試着したからもうへとへと。

体力はあるけれど、慣れないことだから気疲れしてる。

でも、ふたりのおかげで可愛いワンピースに出会えた。

濃い青に黒いレースが大人っぽい印象を引き立て、濃い青は銀髪に映える……らしい。

黒いレースはミリアとリーゼ一押しみたいで、袖や襟元についているのが可愛かった。

レースは少し高価だったけど、お祭りということで、女の子は少し背伸びをして華やかな服を纏う。最近はめっきり研究三昧で、動きやすくて汚れてもいいものか、制服ばかりだったけど、やっぱり私も女の子なわけで、こういった服はとにかく可愛い。

三人お揃いで買ったブレスレットは、華奢で使いやすいシンプルなデザインながら、決して安っぽくは見えないものにした。

これなら将来リーゼが王妃になっても持っておける、と。

「ノエルとクレイス公爵子息の仲が進展するといいのだけど……」

「あのお洋服でイチコロです！　ノエル、とっても可愛かったです！」

「そうそう、当日は少し早めに起きてね。ふふ、私《わたくし》に任せなさいな」

「えぇ～。な、なんか怖いんだけど……っていうか、何度も言うけど、ヴィンス様とはそんな関係じゃないからー！」

濃い青のワンピース以外に、黒いレースにも意味があるようで、恋人ではない場合、アプローチとしてお相手の色をさりげなく取り入れるのがいいらしい。

……ヴィンス様は黒髪に美しい青色の瞳だ。

そういうのじゃないって言ったけれど、聞き入れてもらえなかった。はぁ……

でもまあ気に入ったたし、よしとする！

第八章　秋の収穫祭開催

そんなこんなで、ついに収穫祭当日を迎えた。

コンコン。

「んぅ～……あと五分……」

ドンドンドン！

「はい！　今開けます！」

ドアを殴る音で目を覚まし、扉を開けると、そこには侍女を伴ったリーゼが立っていた。

そして、準備万端の状態で私の部屋へ入ってくると、テキパキと侍女に指示を出す。

お風呂へ連れていかれ、頭のてっぺんから爪先までくまなく洗われ、いい匂いのする香油が塗りたくられた。マッサージつきで行われたそれは、体がバキバキになりがちな研究職の人間にとっては逆に辛かった。

お風呂のあと椅子に座らされ、メイクを施される。

私はメイク道具をほとんど持ってないので、リーゼが用意してきていた。お高い化粧品にビクつくのも束の間、侍女の卓越したメイク術により、とんでもない美少女が鏡に映っていた。

「え、誰？」

「動かないでください」

「すみません！」

怒られながら支度は進む。

顔が終わったら髪の毛。これまたいい匂いのオイルが髪に塗りこまれると、恐ろしくサラサラになっていた。髪はカチューシャ風にサイドが編みこまれる。

最後にワンピースを着て、ローヒールのショートブーツを履き、お揃いのブレスレットをつけたら完成！

「お疲れ様です」

「あ、ありがとうございます。つ、疲れた……」

「これでクレイス公爵子息もイチコロね。完璧よ、エリー！」

「ノエル様は素材がいいので磨き甲斐がありました」

なんとこれだけのことが二時間で終わった。恐ろしく速い。公爵家の侍女ってすごい……

「ノエル、朝食を持ってきたから一緒に食べましょう」

「わ、おいしそう！」

リーゼが持ってきてくれたサンドウィッチを食べながら、侍女のエリーさんが淹れた紅茶を飲む。

うん、おいしい。朝から贅沢だ。

私もリーゼも待ち合わせの時間までまだあったので、ふたりでのんびり話しながら時間を潰す。

ちなみにミリアはもう婚約者のもとへ向かったらしい。仲がよくていいことだ。

「ノエルはクレイス公爵子息とそういう関係ではないと言うけれど、実際あの方のこと、どう思ってるの？」

「うーん……いい人だなとは思うよ。魔法薬の話とかで私が暴走しても嫌な顔せずに真剣に聞いてくれるし、私が平民だからって蔑まないし、傲慢なところもない。けど、リーゼやミリアが言うように、好きとかそういうのはよくわからないんだよね……」

「まあ、焦らなくてもいいと思うわ。ゆっくり自分の気持ちと向き合えばいいと思う。だけど、自分の気持ちを偽ってはいけないわ。自分が平民だから釣り合わない、とか考えていそうだけど、あなたの場合、その問題もどうにかなりそうだもの」

「なるのか～？」

「ふふっ、きっと大丈夫よ。いつだって私《わたくし》はあなたの味方よ。それに、なんだかんだでもう自分の気持ちに気づいているんじゃないかしら？」

好きかもしれない。

でもこの好きは、ラブではなくライクかもしれない。わからないからこそ。

「今日、確かめにいくんだよ」

そう言うとリーゼはにっこりと笑い、「時間ね」と言って立ち上がった。

「お待たせしました！」

ヴィンス様が女子寮の門前まで迎えにきてくれると言っていたので、約束の時間の少し前に行くと、すでにヴィンス様は到着していた。

「俺も今来たところだ。その、ノエル嬢……」

「？　はい」

「とても、きれいだ」

ブワッと顔が赤くなるのがわかる。き、きれいって言われた……！

「え、えへへ、ありがとうございます。その、ヴィンス様もとてもかっこいいです」

ヴィンス様はパンツにシャツとベストという、貴族にしてはシンプルな格好。

だが溢れんばかりのオーラで輝いていた。とってもイケメンです。

「ありがとう。今日は、ヴィンスと敬称なしで呼んでくれ。形だけとはいえ平民の中に紛れるし、様づけはおかしい」

ヴィンス様が身分を隠したような格好をしてお祭りに参加するには理由があった。単純に出店でものを買おうとするとき、相手が萎縮してしまうことが多く、だから形だけでも平民として楽にお祭りに参加して楽しみたいと言う。

そう考える若い世代の貴族は多いらしい。

「そうですね。わかりました。今日一日はヴィンスと呼びますね。私のこともノエルと呼んでください」

「わかった。それでは行こうか、ノエル」

「はい！」

差し出された手を握る。

秋の収穫祭はその名の通りおいしいものも多くて楽しみ！

街中へ行くと、もうすでに多くの人で溢れかえっていた。

「わー！　いい匂いがあっちからもこっちからも……」

「ふっ、何か食べるか？」

はっ、食いしん坊だと思われたかも！

「わ、笑わないでくださいよ！　恥ずかしい。……そういえばヴィンスはこういうところで食べて大丈夫なんですか？」

「ああ、問題ない。屋台の食べ物は作っている工程が丸見えで、不自然な動きをすればすぐにわかる。むしろ毒が盛られている可能性は低い。領内を視察するときには、よく屋台で串焼きを買って食べるな。あの匂いには抗いがたい」

「わかります。おいしいですよね。ギルドで依頼を受けた帰りとか、お腹が空いているときにあの匂いを嗅ぐと、もう吸い寄せられちゃいます」

その話で盛り上がっていると、ちょうど串焼きを売る屋台があった。噂をすれば、と思わず顔を見合わせた。

「食べるか？」

「いいですね、食べましょう。お腹空いてきました」

その屋台はオーク肉の串焼きを売っていた。オーク肉はレッドボアより少し脂っぽいけど、それがまたソースと合わさったときに最高なんだよね。

まだまだたくさん屋台が出ているので、とりあえず一本だけ。ヴィンス様が奢ってくれたのでありがたくいただく。

肉を頬張ると、ジュワッと肉汁が溢れ出す。甘い脂と、店主の自慢のピリ辛のタレが混ざり合い、程よい辛さになっている。

「ん〜、おいしい！」

「ん、うまいな。肉厚で食べ応えがある」

串一本なのですぐに食べ終わってしまう。一緒に買った果汁水で口内をさっぱりさせたあと、また歩き出す。

「少しここで待っててくれ」

「わかりました。そこのベンチに座って待ってますね」

ヴィンス様は花屋に入っていった。どんなお花をくれるのかな、貴族の服じゃなくてもかっこよかったな。

……って、やっぱり私ってヴィンス様のこと好きだよね、と赤くなる頬を冷ますように手で包んでひとりドキドキしながら待っていると、突然声をかけられた。

声がしたほうへ顔を向けると、男がふたり立っていた。

「おねーさんひとり？　俺たちと回ろうよ」

うわー、典型的なナンパ。一周回って感動する。

「結構です。今お花を買いに行ってていませんが、恋人と一緒なので」

こういうのはバシッと相手がいることを言ったほうがいい。基本これで諦めるはず。

「つれないなー、いいじゃん。俺たちのほうがかっこいいっしょ」

断言できる。それだけはない。どう見てもヴィンス様のほうがかっこいい。私が今まで見てきた人の中でダントツ好みの顔だしね。私はチャラいのよりクール系が好きです。

それにしてもしつこいな。ヴィンス様が帰ってくるまでに追い払いたいんだけど……

「いいから行こうよ！」

「ちょっと！」

断っているといきなり手首を掴まれ引っ張られた。は⁉　諦めてほかをあたってよ！

「おい。人の連れに何してる」

「ヴィンス！」

「は？　俺たちが先に声かけ……す、すみませんでしたー！」

振り返った男ふたり組は、背後にいたヴィンスを見て青ざめると大慌てで逃げていった。ヴィンス様の完成された美しい顔に睨まれて怖かったと見た。

「すまない、大丈夫だったか？」

「はい。ありがとうございます」

「よかった。それでこれを、君に」

そう言って差し出されたのは青い花で、前世にあったダリアのような形をしていた。

「いろいろ迷ったんだが、珍しい花を見つけてな。これはラフィーリラという、寒い地域の森の奥地に生息していて、人工栽培が難しくて滅多に市場に出ないんだ。色と、貴族ばかりの学園で数少ない平民という厳しい環境で凛としている君にぴったりだと思った。もらってくれるか？」

「わぁ、きれい……ありがとうございます！」

花を受け取って頭に飾る。編みこみの間に挟みこむと、落ちずにうまく引っかかった。

「ラフィーリラの花言葉を知っているか？」

「いえ、どういう意味があるんですか？」

「いや、知らないならいいんだ。そろそろ教会で花を配り始める時間じゃないか？　行こうか」

誤魔化された。気になるし、帰ったら調べてみよう。

「そうですね、行きましょう！」

教会はもっと奥にあるので、引き続き屋台を覗き、時々食べ歩きをしながら教会へ向かった。

「あ、もうお花を配り始めてますね。私たちももらいにいきましょう！」

「あ、待て！」

先を急ごうとすると、ヴィンス様に手を取られた。

「この人混みだ。はぐれるぞ」

「ご、ごめんなさい……つい」

ヴィンス様と手を繋いだまま、今度はふたりで受け取りの列に並ぶ。手から伝わってくるヴィンス様の温もりに、心臓がドキドキと鳴り止まない。大きくて、男性らしくゴツゴツしてて……

「どうぞ、あら？　クレイス公爵子息ではありませんか。ごきげんよう」

はっ、ヴィンス様の手に意識を持っていかれて、順番が来たことに気がつかなかった。

「ああ、ヴィーテ侯爵令嬢が今年の豊穣姫だったな。花、ありがとう」

「いいえ、お隣の方がノエル様ですか？」

「え、はい！　ノエルと申します」

貴族の中から選ばれた今年の豊穣姫は、薄紫の髪がふわふわとしたすごく可愛い人だった。

「ふふ、ルリアーナ・ヴィーテと申します。ノエル様のお話はたくさん聞いていますの。とっても優秀な方でお強いと。そして何よりクレイス公爵子息の……」

「ゴホン！」

ヴィンス様がわざとらしく咳払いをして遮った。なんて言おうとしたんだろう？

「うふふ。そうだ、謝らなければいけないことが。学園でハーライト殿下がご迷惑をおかけしていると聞きました。婚約者として謝罪いたします。申し訳ありません」

そう言うと頭を下げた。

ヴィーテ侯爵令嬢は悪くないのに……

「頭を上げてください。気にしていませんから大丈夫です！」

慌てて言うと、困ったように微笑みながら頭を上げてくれた。

「ありがとうございます。私も来年からは学園に通うことになるので、その際はよろしくお願いしますね。それと、私のことはルリアーナとお呼びくださいませ」

「こちらこそよろしくお願いします。私のこともノエルで大丈夫ですし、敬語もいりません。私は平民ですから」

「私の敬語はご容赦ください。ノエルこそ敬語は必要ありませんわ。いつもリーゼロッテ様とお話ししているのと同じでかまいません」

なんていい子なんだろう。こんないい子があの問題児の婚約者だなんて……幸せになってほしい。

「わかった。うしろも詰まってるし、そろそろ行くね。お花ありがとう」

「お話できてよかったです。パレードもよろしければご覧ください。それでは、また」

「うん、それじゃあまたね！」

ニコニコと微笑みながら優雅に手を振るルリアーナに手を振り返し教会を離れた。

「すごくいい子でしたね」

「ああ、ヴィーテ侯爵令嬢は優秀だからな。だからこそあの第二王子の婚約者に選ばれた。だが、その優秀さが殿下の劣等感をさらに刺激したのだろう。大人しくしていればよかったものの、王席から外れて一代限りの爵位を賜るのも時間の問題だ。その前に、あのリリアとかいう女と問題を起こしそうだがな」

「うわぁ、すごいありそうですね、それ」

「むしろ、ハルトは問題を起こしてくれたほうが楽と思っていそうだな。あの女とまとめて処理できる」

入学直後とこの世界が前世では乙女ゲームだったという話を聞いたあとで比べると、リリアが私に嫌がらせを仕かけてくる回数が圧倒的に増えている。

大きな事件か何かが起きそうな予感。ん？　もしかしてフラグ立ってる？

そんなことを思いつつも、そのあともヴィンス様と一緒にパレードの時間までぶらぶらする。

たくさんの出店をひとつひとつ見ていって、何気ない会話をして過ごす時間は、とっても幸せに感じた。

途中、見たことのない古い薬学本を見つけて購入してしまった。もはや職業病かもしれないが。

ヴィンス様は勉強熱心でいい、と褒めてくれたけど、なんともいえない恥ずかしさがあった。

そして陽が傾き始めたころ、パレードが始まった。

パレードでは豊穣を祝して、ふたりの豊穣姫が馬車から花びらを投げる。子どもたちの中にはそれを取って、意中の女の子にプレゼントしている男の子もいた。

平民の中から選ばれた豊穣姫は緊張でカチコチに固まりながらも花びらを投げていた。少しぎこちない笑顔だったけれど、向日葵のような可愛い子だ。

ルリアーナは見ている人々に手を振る余裕があるようで、目が合うとうれしそうに微笑んで、花びらを私たちのほうに投げてくれた。

「さっきもきれいでしたけど、やっぱりパレード中の豊穣姫、ふたりともきれいですね」

「やってみたいとは思わないのか？　女性は憧れると聞いたが」

「うーん。あまり思わないですね。きれいだなとは思うんですけど……」

「豊穣姫姿のノエルも美しいと思うがな」

柔らかな笑みとともにそう言われた。じわじわと顔がまた赤くなる。

「うぅ……そんなことないです」

「ふっ。そろそろ暗くなってきたな。寮まで送ろう」

「ありがとうございます」

王都とはいえ、夜は安全とは言い切れない。お言葉に甘えて寮まで送ってもらう。

そう答えると、ルリアーナから花を受け取って離れていた手が再び繋がれた。

驚いてヴィンス様を見ると、熱のこもった瞳と目が合った。恥ずかしくなって、私のほうからすぐに顔を背けた。

なんだか今日はいろいろなヴィンス様を見ている気がする。

「突然誘ったのに、今日はありがとう。楽しかった」

「いえ、私も楽しめました！　今日はありがとうございました。お花も大事にします」

髪につけたラフィーリラの花に手をかける。すると、ヴィンス様が私の頬に触れた。

「どうかしました？　わっ」

頬に触れる手はそのまま顎へと降り、頬にキスされた。

え、キス⁉

「え⁉」

勢いよくヴィンス様から離れ、キスされた頬に手を当てる。心臓がドキドキして鳴り止まないし、鏡を見なくても自分の顔が今までにないくらい真っ赤なのがわかる。

「いつか君に伝えたいことがある。だが、今はまだ……。おやすみ、ノエル。いい夜を」

そう言うと、ヴィンス様は甘く微笑んで去っていった。

「き、キス……それに伝えたいこと……」

繋いだ手、熱のこもった瞳。今日のあのヴィンス様の様子。

私はそこまで鈍感じゃないはず。ドキドキして鳴り止まない心臓は、自分がヴィンス様のことをどう思っているのか教えてくれる。

私、自惚れても許されますか……？

第九章　鍵になる花・ラフィーリラ

収穫祭の次の日、私とミリアはリーゼに召集されてサロンへ向かった。

「今日は聞きたいことがあるの」

「何かあったの？」

「あったわ。大ありよ！」

ミリアとふたりで顔を見合わせたが、お互い心当たりがない。

「私《わたくし》の侍女が昨日見たというのよ」

「何をですか？」

「ノエル。あなた昨日、クレイス公爵子息に寮まで送ってもらっていたわね？」

「うん。あ！　待って、リーゼ！」

慌ててリーゼの口を塞ごうとするも、ミリアに腕を掴まれた。

「離して！」

「何があったんですか!?　もしかして、口づけされたとか！」

「そのまさかよ、ミリア！　さあノエル、白状なさい！」

に、逃げられない……

「口づけといっても頬にされただけっていうか……」

恥ずかしくて、ごにょごにょと言うと、ふたりは手を取って大興奮だった。

「きゃー！　あのクレイス公爵子息が⁉」

「素敵です……！」

「もう！　この話やめよ！」

「まだよ、あとひとつ聞かせて！」

「何？」

「昨日、なんのお花をもらったの？」

「ラフィーリラだけど……そういえば、あの花の花言葉知ってる？」

「ラフィーリラというと、極寒の地の森でしか咲かないというあの？　花言葉……なんだったかしら？」

「私知ってますよ！　うふふっ、私のことじゃないのにドキドキします！」

「知ってるの？　教えて！　ヴィンス様ったらはぐらかして教えてくれないの」

「ラフィーリラの花言葉は……密かな恋です。きゃー！」

『密かな恋』ってそんな、まるでヴィンス様が私のこと好きみたいな……

「素敵ね！　もしかして、もう告白されたのかしら？」

「されてないよ。あ、でも……」

「でも？」

「なんでもない」

いつか伝えたいことがあるって言われたのは秘密。そのあとは和やかにお茶をしながら、それぞれの収穫祭での出来事を話して解散した。

ふたりは寮へ戻っていったけれど、私は調べたいことがあって図書室へと向かった。

「ラフィーリラについて……これと、これもかな？」

どうしてラフィーリラは極寒の地にしか咲かないのだろう？　そんな寒いところでしか咲かない花をこの温暖な王都まで持ってこられるのだろうか？

ラフィーリラについての記述を探す。

すると、おもしろいことがわかった。もしこれを知っていてヴィンス様がこの花を私にプレゼントしてくれたとすると、これは借りができてしまったかもしれない。

ラフィーリラは魔力との親和性が高く、大地から魔力を吸い取る。そのため、大地に含まれる魔力が少ないとされる人間が多く住む場所ではなく、人間が住みつかない極寒の地のような魔力が豊富に含まれる場所に生息するらしい。

花に溜めこまれた魔力がなくならない限り、環境が変わろうとも枯れることはなく、花は食べることもできるらしい。

魔力を溜められて、なおかつ食べられるってことは、花に溜めこまれた魔力と食べた人の持っている魔力の間で拒絶反応は起きないのだ。これは研究に使えるかもしれない。

私は授業後、ユリウス先生のもとを訪れた。

「先生。質問があるんですけど、今、大丈夫ですか？」

「ああ、ノエルか。大丈夫だぞ」

ユリウス先生はデスクで作業をしていた。

私が寄ると、散乱している書類を脇にどかして席を用意してくれた。

「ありがとうございます。先生、ラフィーリラの花ってどこで手に入りますか？」

「ラフィーリラの花？　何に使うんだ？」

「研究です。だから数が欲しくて……」

希少な花だし、難しいかな。そう思っていると、先生は少しの間考えこんだあと、口を開く。

「ふむ……なら、俺が発注しておこうか？　知り合いの商人が取り扱っていたはずだ」

「いいんですか？　ありがとうございます！　あと、可能であれば種もほしいです」

知り合いの商人とかいないから助かった！

「わかった。どれくらいいるんだ？」

できるだけいっぱいほしいけど、人工栽培されてない花だし……

「とりあえず花を五十……いや、足らないか？　百本で！　種もできるだけたくさんほしいです。ただ、乱獲はダメなので、無理だったら少なくても大丈夫です。本当は自分で取りにいけたらいいんですけど、冬休みはまだ先ですし。ラフィーリラが咲くような厳しい環境の場所へひとりで行くのは危険ですし……」

「わかった。伝えておく。希望数は用意できないかもしれないことだけ注意しておけ」

そりゃ生育条件が厳しい花だし、たくさんは仕入れられないこともわかるので素直にうなずいた。

これで安心だ、よかった、と思っていると突然先生が何か閃いたような顔をした。

「マイナーな花のラフィーリラを知っているとは、と思ったが、そういえばクレイス公爵子息が秋の収穫祭でノエルにラフィーリラを渡したという噂を聞いたな！」

「えっ。な、なんで……どこで聞いたんですか！」

「学園内の噂にも気を配るのが教師の役目だしな。そういえば、どうしてラフィーリラの花言葉が密かな恋なのか知ってるか？」

「いえ。ラフィーリラ自体、最近知ったのでわからないです」

素直に首を横に振る。花言葉の由来については、どの本にも載っていなかった。

「昔、まだどこの地にも魔力が多く含まれていた時代は、ラフィーリラもどこにでも咲いていたんだ。だが、あるとき大災害に見舞われ、食べるものがなくなり、飢餓状態に陥った」

先生はラフィーリラの花言葉の由来について語り始めた。

「その際、とある令嬢もまた飢餓状態で死にかけていた。令嬢を愛していた庭師の青年は彼女を心配して、ラフィーリラを渡して空腹を凌がせた。もちろん、青年はラフィーリラには毒がないことを知っていた。しかし当時、花にはすべて毒があると思われていたようで、娘に花を食べさせたと知った令嬢の父親は大激怒し、青年を鞭打ちの刑に処したあと殺したんだ」

「そんな……花を食べても令嬢は生きていたのに？」

「ああ。令嬢は回復したあと、庭師の青年の命をかけた実験の様子を記した日記を発見し、悲しみに暮れたが、彼のためにも荒れた領地の再興に生涯尽力した」

命をかけた実験。自分は死んでも彼女だけは助けたかった。

庭師の青年は心から令嬢のことを愛してたんだ……

「平民の庭師と令嬢の許されない恋。死ぬまで隠し続けた青年の恋心。この話が由来となって『密かな恋』が花言葉になったんだ。それが一番有名な花言葉だが、ラフィーリラにはほかにも『命を捧げる』や『永遠の想い』といった花言葉があって、全部この話が由来になってるんだ」

そんな悲しい話があったなんて。

その青年は死に際に何を思っていたのだろう。愛する人のために命をかけた青年、命をかけらせるほど愛されていた令嬢。ろくに恋愛なんてしたことなかったから、そこまで深く愛し合えるということに少し羨ましさを感じた。

数週間後。授業終わりにユリウス先生に呼ばれてついていくと、注文していた花と種が届いていた。ラフィーリラは人が入るには厳しい場所に生えているため、半分ほどしか納品されていなかったが、これは仕方がない。

研究室に持って帰ってきて準備を始める。試験管に今までのＭＰ回復薬をそれぞれ次のように入れた。

試験管Aには花びら三枚をそのまま。
試験管Bには花びら三枚分をすり潰したものを。
試験管Cには茎を切り刻んで。
試験管Dには葉っぱを千切ったものを。
試験管Eにはすり潰した根っこを入れた。

「よし！　『調合』！」

パァ！　とまぶしく一瞬光ったあと、試験管をよく見るとそれぞれ色が違っていた。

『鑑定』。ふむ……Aは効力に変化なし。液体の色は赤。Bは３００上がってる。こっちは黄色。Cは……さ、下がってる。しかも……うへぇ、ドブみたいな色してる。Dも変化なしの赤色。最後は…お、Eは５００上がってる！　色は青ね」

鑑定してわかったことをノートへと書き写していく。

「ふーむ。オリジナルの回復薬は材料もすぐ手に入るものだし、これは初級回復薬かな。中級レベルの魔法を使う冒険者のMPは平均が３０００あたりだから、半分は回復できるものを中級回復薬にしたいな……。Bの条件とEの条件を合わせてみたら……あー失敗。量に問題があるのかな……」

ゴリゴリとすり鉢で花と根っこをすり潰して調合していく。だけどなかなかうまくいかない。ふたつ合わせると効果が減ってしまうものや、効果がなくなってただの液体になってしまったものまである。

「倍の量にしてもダメ。一：二も違った。うーん……そもそも量の問題じゃない？　刻んでみるか」

根っこも花もみじん切りにして混ぜてみる。すると、さっきまでは何をしても青色の液体のままだったのが、ミントグリーンのような色へと変化していた。

「あ、行けたかも！　『鑑定』」

分量は最初のままで材料を刻んで入れると、見事に目標の１５００ＭＰまで到達した。この結果もしっかり書き記しておく。

「……エル。ノエル！」

「うわぁ！　グ、グレン!?　どうしたの？」

「どうしたも何も、もう深夜だぞ。休んだほうがいい。それに、長い間飲食していない」

「うわっ、本当だ。教えてくれてありがとう、グレン。研究進めたいけど……明日も授業あるし、仕方ない。なんかちょっとだけ食べて寝るか……」

危ない危ない。グレンが教えてくれなかったら徹夜するところだった。

わざわざ念話を使って教えてくれるなんて優しい子だ。

今日はこれで終わりにするけど、明日になったらちゃんと届出を出そう。いいところまで来た。

でも、最終目標である魔術師団の団員や上級冒険者向けのＭＰが２０００以上回復する上級回復薬完成の壁は高いぞー！

研究室でそのまま朝までぐっすり眠り、眠い体に鞭打って授業に向かう。

そのあと、ちゃんとユリウス先生に、研究のための授業免除届を提出した。

明日から一週間はこれで研究に専念できる！

届を出しても連続一週間しか休めないのは残念だけど。昔、届を出してサボりまくってた生徒がいたらしい。研究期間を終えて、次に授業免除届出を出せるのは一週間後だ。

早速、放課後、研究室に戻って研究を始めた。

「とりあえず中級回復薬までできた。やっぱりラフィーリラの花はMP回復の効果があるってことだよね。毎回購入するのは費用がかかるし、ラフィーリラを取りにいける人はそう多くないと思うし……やっぱり自家栽培できたほうがいいよね。同時進行で、ラフィーリラの開花条件を調べる実験もしよう」

まず用意するのはみっつのプランター。

Aには普通の土。魔力を含めた水――魔力水をあげる。

BはMPを含ませた土。ただし水は普通の水。

CはMPが含まれた土、かつ魔力水をあげる。

「この花は芽が出るのが早いって本に書いてあったから、何日で芽が出るかも要観察だな。あとは何日で花が咲くか。水は毎日一回と」

メモに必要事項を書いて、プランターの近くに貼りつけておく。栽培と薬の研究を同時進行でやってると、どうしても訳がわからなくなるときがあるしね。

魔法を使わないラフィーリラの開花の実験はある程度時間がかかるので、再び魔法回復薬の実験に戻る。

昨日の中級のＭＰ回復薬をベースにして上級のものを、と思ったけど、さすがにこれ以上効果が出そうなやり方を思いつかない。いっそベースから変えてみるとか？

「マナ草の量を倍にした場合と半分にした場合でやってみよ。『調合』！　それから『鑑定』！」

回復薬のベースであるマナ草を増やして、ラフィーリラと混ぜると、お互いが効果を打ち消しあってただの液体になっていた。

しかし、半分に減らした場合、お互いがお互いの力を支え合うように回復力が上昇した。

「よし。マナ草はラフィーリラより多くてはいけないようだし、あとは地道に黄金比を探すしかないか……これは大変だぞ～」

地道に一番いい割合を探していかなければいけない。とっても大変な作業だけど、こういうことは好きだから止まらなくなる。

だけど、さすがに時々寝て、せめて携帯食でも食べないと、リーゼに怒られる。

……だいぶ前に研究に熱中しすぎて三徹して、ご飯は水と時々お菓子摘んでるだけだったら、体に悪い！　って烈火の如く怒られたっけ……

思い出しても体が震える。あれは怖すぎたからさすがに今回はちゃんとしよ……

161　転生して捨てられたけど、女嫌いの公爵家嫡男に気に入られました

第十章　学園創立記念パーティー

研究に専念できるゴールデンタイムが終わってしまい、今日から一週間ぶりに授業だ。

出席していなかったときの授業内容を同じ授業の人たちに聞きながら平穏に過ごし、今はミリアとリーゼと三人で食堂に来ている。一週間研究室で食事を取っていたから、なんだか久しぶり。

「そうだ！　もうすぐ、学園創立記念パーティーがあるわよね？　ドレスは決めた？」

「はい、久しぶりに婚約者と一緒に行くパーティーなので、ちょっと張り切りすぎてしまいましたけど」

「いいんじゃない？　婚約者はミリアのことがもっと好きになること間違いなし！　ってね」

「そういうノエルはドレス決めたの？　誰と行くの？　もうクレイス公爵子息に誘われたのかしら？」

「パーティーは制服でも可だし、制服で行くよ。ていうか、私の話はどうでもよくて！　リーゼはもうドレス決めたの？」

「ハルト様が贈ってくださったわ。とっても素敵よ。で、ノエルは？　逃がさないわよ」

「誰にも誘われてません！　はい、終わり！」

創立記念パーティーは学生だけでなく、その親も参加可能となっている。

リーゼとミリアはつまらなさそうな顔をするけど、街のお祭りと違って、そんなところに平民の私が公爵子息と行くのはダメでしょ！

これ以上ツッコまれないように、慌てて話題を変える。

「私が研究室にこもってる間、何かあった？」

「あったわ。ノエルがいないからか、リリアのターゲットがなぜか私《わたくし》に移って、目の前でわざと転んできて、手を差し伸べたら、私《わたくし》に転ばされたと泣いていたわ。何がしたいのか……」

「こう言ってはよくないですけど、彼女の狙いが第二王子殿下ならば、王太子殿下の婚約者であるリーゼ様を陥れようとする意味はありませんよね」

リリアが何をしたいのか謎すぎて、三人で顔を見合わせる。彼女の思考は常人には理解し難い。

「そうよね。とにかくリリアには気をつけて。彼女、何かまた企んでいるようよ」

「えー、今度は何？」

「どうやら、ハーライト殿下の派閥の伯爵位を持つ貴族が、リリアを養子に取ったみたいよ」

「養子!?　ってことは……」

「ええ。彼女は貴族になったの」

「よく養子縁組申請が通りましたね。陛下はこのことをご存じではないのですか？」

「ご存じよ。だけど、その伯爵は子どもに恵まれず、親戚筋も頼れないらしいの。だから申請を蹴ることは難しかったのよ」

第二王子は一応頭は回るらしい。後継のいない貴族の養子申請を、第二王子が何か企んでいるからっていう理由だけでは却下できないだろう。

「創立記念パーティーで何か起きそうだね。困ったな……今まではお互い平民だったからよかったけど、これからは違う。不利になるのは私か」

「とりあえず、近づかないことくらいしかできませんね」

「そうね。さすがに私やハルト様がいるそばで、何かやらかしたり難癖つけたりはないだろうから、基本近くにいれば守れるはずよ。ただ、私たちは挨拶回りがあるから、ずっと一緒にいることは難しいわ。当日はクレイス公爵子息となるべく離れないでね」

リーゼが深刻そうな顔で忠告する。

「うん。わかった」

さすがにうっとうしいから、今回の創立記念パーティーで派手にやらかして退場してくれないかな…

リーゼたちとパーティーの話をした次の日、廊下をひとりで歩いていると、見知らぬ男子生徒に呼び止められた。

「あ、あの、ノエルさん」

「はい、なんでしょう？」

顔を真っ赤にした彼は、いきなり腰を九十度に曲げて手を差し出してきた。

「僕と創立記念パーティーに一緒に行きませんか」

「え！　わ、私と？」

まさか誘われると思わなくて驚いてしまった。そのとき。

「すまない。彼女は俺が誘ってるんだ」

誰かの手が肩に乗った。

「え！　ク、クレイス公爵子息？　す、すみませんでしたー！」

男子生徒は大慌てで走り去ってしまった。

振り向くと、ヴィンス様が申し訳なさそうな顔で立っている。

「すまない。彼と行きたかったか？」

「そういうわけではないですけど……」

首を横に振ると、ヴィンス様はうれしそうに微笑んだ。

「そうか、では俺が誘っても？」

「え？」

ヴィンス様が、私を？

もちろんこんな素敵な人とパーティーに行けるなんて、夢のようなことだし、豊穣祭でのこともあったから、すごくうれしいけど……生徒以外も出席するようなパーティーなのにいいの？

「ノエル嬢。もしよければ創立記念パーティーへ俺と一緒に行ってくれないか？」

「で、でも私、平民ですし、ヴィンス様のご両親も出席されるんじゃ……」

うれしいけど、やっぱりさすがにダメ！　この恋は学生時代の淡い思い出にしなくちゃいけないものなんだから。

「ああ、両親も来るな。たしかに君は平民だが、気にする者は少ないだろう。なんせ陛下の覚えもめでたく、王太子やその婚約者と仲もいい。加えて研究者としても冒険者としても才能があり、研究者の間では君は有名だ。並の貴族より君のほうがいい」

ヴィンス様はさらに話し続ける。

「……君が納得するように言うならば、近づいてくる令嬢がうっとうしいから、あらゆる面で優れている君といれば近づきにくいだろう。もちろん、平民という立場上口さがないことを言われることや悪意に晒されることもあるかもしれないが、俺が必ず守ると誓う。もちろんドレスもこちらが用意する」

「うぅ……。でも要は虫除けってことですね。わかりました、行きます！」

私がうなずくと、ヴィンス様は安堵の表情を浮かべた。あれだけたくさんの令嬢に言い寄られてるんだ、だいぶ苦労してたっぽいな。

「ああ、あと……パーティーのとき、君に伝えたいことがある。覚悟しておいてくれ」

「……？　はい」

伝えたいこと。もしかしてあのときのこと？

一緒に行けないと思ってたけど、盾役だとしてもヴィンス様と一緒に行けるのはうれしいな。なんだか一気に創立パーティーが楽しみになってきた。

時が経つのは早いもので、あっという間に創立記念パーティー当日を迎えた。

リーゼにマナーを一通り習い、合格点をもらうことができた。ダンスに関しては、なんとミリアが男性パートも踊れるということで、ミリアに見てもらった。

ヴィンス様と練習しなかったのかって？

彼は家のほうが何やら忙しいそうで、ここ最近は学園にいなかった。

昨日、ヴィンス様からドレスが届いて、そこに入ってた手紙によると、クレイス家の侍女が女子寮まで来てパーティーの準備の手伝いをしてくれるとのことだった。

なんだか申し訳ないけれど、せっかくの好意だし、ひとりでドレスは着れないのでありがたく支度を手伝ってもらうことにした。

ただ、私は令嬢のパーティー前の準備を甘く見ていた。パーティーの前日は学校が休みで、いつもより夜更かししたから、ゆっくり起きようと思っていたんだけど……

「起きてください、ノエル様！」

「うわぁ！　だ、誰⁉」

「ヴィンスレット様のご命令でクレイス公爵家より参りました、侍女のウルと申します。こちらはメイ。本日、ふたりでお支度をさせていただきます」

叩き起こされて飛び起きると、ウルさんという、ボブヘアが似合うきつめな印象の美人さんに起こされた。隣のお下げの子がメイさんらしい。

「え、まだ朝早いですよね？」

「今からお風呂に入り、そのあとマッサージを受けていただきます。ヴィンスレット様の横に立つのですから、どの令嬢よりもきれいでなければいけません。素材は十分いいので、磨けば絶対に光ります。準備は朝から取りかからなければ間に合いません」

絶句。でもたしかにきれいにする必要はあるよね。

お風呂に連れていかれてふたりに洗われる。気持ちいい。羞恥心？　そんなもの感じたら負け。

「わぁ！　ノエル様、髪サラサラですね！」

「えへへ、ありがとうございます。実は最近実験中にできた失敗作で、髪にいい効果を持つものが出来上がったので、それを髪を乾かしたあとに使っているんです」

「ノエル様。あとでそれを見せていただくことは可能ですか？」

メイさんと話していたら、ウルさんが食いついてきた。わかる。美容の話は女性なら誰だって興味あるよね。

「もちろんです！」

「それを売る予定とかはないんですか？」

「うーん……言っても失敗作ですからね。今のところはないです。作り方はメモしてあるのでほしい人がいたらあげるくらいですかね。今は目的のもの以外に多くの時間は割けないので」

「えー、残念……私は何を使っても髪がパサパサで、もしかしたらって思ったんです。あの、厚かましいことは重々承知ですが……少しいただけませんか？　もちろんお金は払います！」

「こら、メイ！」

ウルさんに叱られて、メイさんは縮こまった。仲は悪くないんだろうけど、なんて言うか力関係がよくわかるふたりだな。

「あはは、いいですよ。お金もいりません。その代わり使ってみた感想を教えてほしいです。やっぱり髪質で違いがあるかもしれないし」

「わあ、ありがとうございます！　感想を書いてお手紙送りますね！」

目をキラキラさせてうれしそうなメイさんを見て、ウルさんがため息をついた。

「申し訳ありません、ノエル様」

「いえいえ、私以外の人の使用感も知りたかったところですし。もしよかったら、ウルさんもいかがですか？」

「えっ……では、その、いただいてもよろしいですか？」

多くのデータがほしいのは事実だから、一応ウルさんにも聞いてみると、戸惑ったあとで少し恥ずかしそうにしながらうなずいた。

「では、そういうことで。あ、あと、ずっと言おうと思ってたんです。私のことはノエルでいいですよ。敬語もいりません」

ふたりは戸惑った顔をしたが、最終的にさんづけ呼びにするということで落ち着いた。敬語は外せないらしい。残念。

お風呂のあとはマッサージ。

……研究三昧で体が凝り固まっていて、収穫祭のとき以上に痛い。

だけど丁寧に丁寧に日頃の凝りや浮腫みを取ってもらって、なんだか痩せた気がする。終わったあと、体がすごくスッキリして病みつきになりそうだ。

そのあと、いい匂いのする香油まで塗ってもらった。

結果、いまだかつてないプルプル肌を手に入れた。ノエル《この身体》は太らない体質なのか、もともと細かったけど、足とかより健康的に細くなってない？

「さ、お次はヘアセットとメイクです！　こちらへ！」

メイさんの先導でドレッサーの前に座る。すると、どこからかウルさんが道具を取り出し、メイクをし始めた。その傍らで、メイさんが髪を結いあげていく。

「学園の創立記念パーティーは華やかな髪型のほうがいいとされているので迷います！　ヴィンスレット様からの髪飾りはラフィーリラの花なので、髪を上で結ったほうがよさそうですね！」

そう言いながら、テキパキと髪を結い上げていく。

完成です、とウルさんに言われて、鏡に目を向ける。

「うわぁ、すごい。私じゃないみたい」

メイクは派手すぎず、でもシンプルではなく少し大人っぽく見え、髪は上のほうでふわっとしたお団子になっていて、ラフィーリラの髪飾りが存在感を放っている。後毛は緩く巻かれ、色気すら感じる出来だった。銀髪はキラキラと輝き、天使の輪もしっかりある。

「さ、一度休憩しましょう。リップはまだ塗っていないので、今から軽食を食べていただきます。ただし、食べすぎにはご注意ください。このあと、ドレスに着替える際にコルセットを締めますので」

出た、貴族の女性を苦しめる悪魔！

リーゼもミリアも普段は簡易コルセットで体型維持程度の締めつけだけど、社交界のときのコルセットは尋常じゃないくらいキツく締めるから折れそうになるって言ってた！

恐れ慄いていたら、さすがにコルセットに慣れてない人にいきなり貴族と同じように締めることはないから安心してほしいと言われてほっとした。

おしゃれするのも大変だな、貴族って。

のんびり休息し、いよいよパーティーの時間が近づいてきた。

「さ！　準備を再開しますよ。もう少しの辛抱です」

再びウルさんの指示でテキパキと支度が始まった。そしてついに……

「コルセットを締めるのでここに掴まってください。踏ん張ってくださいよ。はい、吸ってー、吐いてぇー」

「は、はい！」

ぎゅううううう。

「ぐえっ。ぐるじい……」

「はい、もういいですよ」

これでオッケーなの!?　これが初心者用の締めつけ具合!?

嘘でしょ……リーゼやミリアはどれだけ締めてるんだ。恐るべし、女性貴族。

「さあ、準備も大詰めですよ！」

そう言ってメイさんがドレスを持ってきた。ふたりの手を借りながら着てみると……

「うわぁ、きれい、素敵……」

ヴィンス様が贈ってくれたのは、深い青色のＡラインドレス。スカート部分に散りばめた小さな宝石が夜空のようだった。

ヴィンス様、きれいって言ってくれるかな。

鏡に映る私は、今までで一番きれいだと自分でも思ってしまうくらいだった。この姿なら胸を張ってヴィンス様の横を歩けそう。なんだか……ヴィンス様に守られているようで自信が湧いてくる。

鏡の中の自分を見てソワソワしていると、うしろで一仕事終えたウルさんと明さんが盛り上がっていた。

「きゃー！　ノエルさん、素敵です！　ヴィンスレット様ったら独占欲丸出しですね！」

「ええ、自分のものと言う主張が激しいですね。自分の瞳の色のドレスを纏わせるとは、やりますね」

は、恥ずかしすぎる。お願いだからウルさん、淡々と言わないで……まだメイさんみたいにはしゃいでくれたほうがマシだよ……

恥ずかしがる私をよそに、ふたりは最終調整に入っていく。メイクや髪が崩れていないか確認し、口紅を塗っていく。ネックレスやイヤリングなどのアクセサリーをつけ、最後にドレスの形を整えて靴を履いて完成した。

「完成です。うん、時間もぴったしですね。寮の門前でヴィンスレット様がお待ちになっています。楽しんでいってらっしゃいませ」

「いってらっしゃいませ！」

「ありがとうございました、いってきます！」

ドアを出て寮外へ歩き出す。いつもは履かない高いヒールの靴に、着馴れないドレスのため、どうしても歩くのが遅くなってしまう。

けれど、お姫様みたいな格好に自然と心が浮き立つ。

できる限りの早歩きで寮の門前まで行くと、ヴィンス様が待っていた。

「お待たせしました！」

「いや、だいじょう、ぶ」

「え、どこかおかしいですか……？」

変に途切れたため、不安になってしまう。

すると、ヴィンス様が右手で顔を隠した。

え、どういう反応!?

「その、似合っている。すごくきれいだ」

ブワッと顔が赤くなる。きれいって言ってくれた。うれしくてうれしくて、顔がにやけそうになってしまう。

「えへへ、ありがとうございます。そ、そろそろ行きましょう！」

ヴィンス様が差し出してくれた腕を取って歩き出す。

楽しい創立記念パーティーになりそう！

ヴィンス様のエスコートで、舞台となる学園大広間の扉の前までやってきた。

緊張しすぎて深呼吸をしていたら、ヴィンス様に笑われてしまった。最近よく笑っていて、私もうれしくなる。

「行こうか、ノエル嬢」

「はい！」

ドアを通って大広間へ入ると、そこは今まで見たことがないくらい煌びやかな空間になっていた。

たくさんの参加者に見られても、さすがに小さな子どもみたいにキョロキョロするわけにはいかない。前を向いて進む。

「あの方が噂の……？」

「研究者なんでしょう？　釣り合わないわ」

「見てみろよ、貴族の血でも入ってるのかと思うくらい美人だぜ」

「でもあの子、遊んでるって言う噂聞かないよな。あんな美人と一回は遊んでみたいもんだ」

わー、すごいいろいろ言われてる。噂ってなんだろう。創立記念パーティーとはいえ、高位貴族が平民をエスコートしていたらさすがにざわつく。私でも驚くよ。

ミリアとその婚約者のところまで行って、ボーイからもらったドリンクを飲んで談笑を始める。

誰かと話していたほうが周りが気にならないし、わざわざ話しかけにくる人も少ないって、ここに来るまでの間にヴィンス様が教えてくれたからね。

ミリアの婚約者とヴィンス様はどうやら知り合いだったようで、会話に花を咲かせていた。

「リーゼの入場は最後？」

「はい、それ以外の生徒は開始時刻までに入場しても問題ありません。リーゼは婚約者として王族と同じ開始時刻ちょうどに入場しますよ。まだまだ時間があるので、当分来ませんね」

「そうなんだ。ところでさ、私の噂って何？　入ってくるときに聞こえたんだけど……」

「ああ、それはですね……おっとっと、私からは言えませんね！」

ニコニコと笑っていながら有無を言わせないミリアの笑顔に黙るしかなかった。仕方ないので話題を変えようとしたとき、ヴィンス様に呼ばれた。

「はい、どうかしました？」

ヴィンス様のほうを向くも、考えこんでいて何か言う素振りはない。

私に用があったんじゃないの？

「少しいいか？　まだ時間もあるし、今ならここから抜けても問題ない。本当はパーティーが終わってからにしようと思っていたんだが……君に伝えたいことがあるんだ。もとより美しく聡明と有名だった君が、よりきれいになったのを見て、大切なことは後回しにするべきではないと思った。ついてきてくれるか？」

熱を帯びた瞳と目があう。心臓がバクバクと大きな音を立てているのがわかる。

「……わかりました」

先を歩くヴィンス様について歩いていく。

もう日は暮れていて、いつも通っている学園のはずなのに違う場所に思える。そのままついていくと、中庭にたどり着いた。周囲に人はおらず、静寂がその場を支配していた。

「賢い君のことだ。もう勘づいてるかもしれないが、言わせてほしい」

「はい」

「君が好きだ。愛している」

うれしくてうれしくてしょうがなくなる。でも……

「うれしい、私もヴィンス様のこと、愛しています。でも、私は平民です」

お互いの気持ちが通じ合っていたとしても、実際に結ばれるかどうかはまた別の話。貴族同士であればまだしも、私は平民。絶対に一緒になることはない。

「わかっている。俺は恋に溺れて立場を捨てるほど無責任にはなれない。だからこの恋を諦めようとした。だが、ハルトに言われたことがあるんだ」

「ハルト様に？」

「ああ、君はこの国にいなくてはならない優秀な人材だ。すでに闇魔法の研究で成果も出している。そして、有益なその研究は多くの利益をこの国にもたらしている。その功績を讃えるとともに、国に縛っておくために一代限りの爵位を授けるか、貴族との結婚を許可することも可能だと」

趣味の延長線上だったものに、国がそこまで価値を見出していることに驚いた。

「おそらく、感情論では俺が動かないとわかっていたから、あえて利益の話をしたのだろう。そのとき思ったんだ。愛することを諦めなくてもいいのでは、と。ハルトは王太子とは言え、実権はいまだ陛下にある。俺に話したということは、これは陛下の考えでもあるんだろうな」

どこか淡々とした様子で説明するヴィンス様があまりにもらしくて少し笑ってしまった。

こんな話をしてまで私を望んでくれているという事実に、胸の高鳴りが止まない。

ヴィンス様と結婚すれば、今の私では考えつかないほどの大変なことがきっとあるだろう。

それでも、ラフィーリラの花言葉の由来となった話に出てきたふたりのような深く愛し合える関係になれるかな。

周りもこの関係を応援している。そのすべてがうれしくてうれしくて胸がいっぱいになった。

「じゃあ……私、あなたの隣に立ってもいいんですか？　平民だけど、それでもあなたのくれる愛に応えてもいいんですか？」

「ああ、君が応えてくれるなら。今の話を聞いたところで、もう一度考えてほしい」

許されるなら、許してくれるなら……

「俺は君を愛している。今すぐじゃなくてもいい。だから、俺と一緒に生きてほしい」

「はい、喜んで」

今世では家族に恵まれなかった。家族のような関係になれた人はいたけれど、本当の家族に、この人となりたいと心から思えた。

だから……この手を取ってもいいでしょう？　神様。

「あ、でも、ヴィンス様、お願いがあるんですけど……」

「なんだ？」

「その……こ、恋人になったことは、まだ親しい人以外には言わないでおいてほしいんです。私、リーゼやハルト様、それにさっきヴィンス様がおっしゃったことを聞いて、いろいろ考えたんです。きっと今研究しているＭＰ回復薬を完成させることができれば、私は堂々とあなたの隣に立てるって。だから、もう少し時間をください」

そう言って、頭を下げる。

これは私の決意。きっとあの研究を成功させれば、国中の人にこの関係を認めてもらえる。闇魔法より回復薬のほうが、多くの人が望んでやまなかったものだから。

堂々とヴィンス様の隣に立ちたいから、やり遂げてみせる。

「君がそう言うなら。ただ、焦る必要はない。何年先になろうと俺は君を待つ」

「はい」

せっかくきれいにお化粧してもらったから、崩すわけにはいかないと思って堪えたけど、捨てなきゃいけないと思っていた恋が実ったこと、そしてヴィンス様が強く想っていてくれたことがうれしくて正直涙が出そうだ。

こぼれそうになる涙を必死に堪える私を見て、ヴィンス様はフッと笑い、親指で涙を拭うように目元をなでた。

「ふふ、泣いていませんよ」

「そうだな」

そろそろ戻ろうと腕を差し出してくれた腕を取って、大広間へと戻った。

ミリアは私の表情を見て何か悟ったのか、うれしそうに微笑んでくれた。リーゼとミリアは私の大事な友人だから、ちゃんと報告しよう。

程なくして、リーゼたちが入場してきた。どうやら陛下たちは遅れるらしい。

学生が主役とも言えるパーティーだから待たずに始めろ、と言われたようで、ハルト様の号令で創立記念パーティーが始まった。

音楽が奏でられ、ダンスの時間がスタートする。私はヴィンス様にエスコートされ、ダンスの輪に加わった。

「ダンス、上手だな」

「ミリアと練習しましたし、子どものころにルイさんの奥さんに習ったんです。冒険者として活動するうえで鍛えていることも関係あると思います。とはいえ、最近は研究に専念しすぎて冒険者業はサボり気味なので、バランス崩して踏んじゃったらごめんなさい」

ふたりでクスクス笑いながら踊る。そして一曲目が終わり、礼をして離れた。再びドリンクを取って壁際に移動すると、一組の男女が近づいてきた。

この人たち、どこかで見たことがあるような気がするけど……

「父上、母上」

「ヴィンス、私たちにも紹介してほしいわ」

ヴィンス様のご両親！　どうりで見たことがあると思ったわけだ。ヴィンス様はご両親とよく似ていた。どちらかというと母親似っぽいかな。

「もちろん。彼女はお付き合いをしているノエル嬢。学園でセロが世話になってからの仲だ」

「初めまして、ノエルと申します」

驚きのあまり固まってしまったけど、なんとかリーゼに叩きこまれたカーテシーをした。

「まあ、ご丁寧にありがとう。私はヴィンスの母のローゼマリー・クレイスよ。そしてこっちが」

「父のダニエル・クレイスだ。息子とセロが世話になったようで、親として感謝する」

顔は夫人に、性格や雰囲気は当主様に似たんだなとわかるくらい、ふたりとヴィンス様は似ていた。

「あ、いえ、私はできることをしたまでですので……」

「今度、ぜひうちにいらしてちょうだい。いろいろお話を聞かせて？」

「え、クレイス公爵夫人……」

「あん、もう、固いわ。そう遠くない未来にあなたの義母になるのだから、お義母様と呼んで？　ノエルちゃんと呼んでもいいかしら？」

「ふむ、なら私のことはお義父様と呼んでくれ。君のような娘ができてうれしい」

「本当に！　私、娘も欲しかったから、とってもうれしいわ！」

どうやらヴィンス様のご両親は優しい人のようで、いきなりの対面で緊張して力が入っていたが、少しリラックスできた気がする。

「では、お義母様とお義父様と呼ばせていただきます。ですが、あの……私は、平民です。よろしいのですか？」

「問題ない。これ以上権力は必要ないし、下手に高位貴族と婚姻を結ぶのはまずい。かといって並の令嬢では公爵夫人は務まらない。君は陛下の覚えもめでたい優秀な人間だ。国としても繋ぎ止めておきたい人材だし、それに君ならヴィンスを支えてくれるだろう」

「そうね、むしろあなたはちゃんとこの子の内面を見てくれてる。こんな愛想のない子の隣にいてくれる子だもの。歓迎よ！　それとも、あなたはヴィンスの顔と地位が目当て？」

会ったことのないご両親に、そこまで認めてもらえていることに驚いた。

平民であるということは、ヴィンス様と夫婦になるときに大きな障害になるし、それを理由にご両親に却下される可能性も十分あるだろうと考えていた。

だけど、すごく前向きに私を受け入れてくれたことに感謝の念が湧き上がる。

「まさか！　ヴィンス様はとっても素敵な内面をお持ちですし、私が平民であっても横暴になったりすることのない公平な方です。ほかにもたくさん魅力があって」

「ノエル嬢、そこまでにしてほしい……」

私の勢いがすごかったのか、少し赤い顔のヴィンス様に止められてしまった。

「あらぁ、ヴィンスがそんな顔をするなんて。ノエルちゃん、ぜひ我が家にいらして。馴れ初めとかいろいろ聞きたいわ！」

「ふふ、ぜひ。必ず行きます」

そう答えると、ヴィンス様のご両親は微笑んで離れていった。

今日はうれしいこと、楽しいことがたくさんあって幸せだなぁ。

「すまない。騒がしかっただろう」

「いいえ？　とても楽しかったです。正直、反対されると思っていたので安心しました」

そう言うと、それならよかった、と笑ってくれた。

「ノエル！」

突然、名前を呼ばれた。声がしたほうを見ると、そこにはリーゼの姿があった。

「あ、リーゼ！　わぁ、すっごくきれい！」

赤を基調としたドレスは彼女によく似合っていて、装飾品として散りばめられているハルト様の色は彼の寵愛の深さをよく表していた。

「ありがとう。ノエルもとてもきれいだわ。それと、見てたわよ！　おめでとう。またお話し聞かせてちょうだいね」

「うん！」

リーゼたちとも合流して話していると、急に場内がざわつき始めた。

「なんだろう？」

騒ぎのほうを見ると、第二王子とリリアがいる。

学生だけじゃなく、来賓も多いこのパーティーで、婚約者以外の女性をエスコートするとか最低。

ルリアーナを探すと、彼女は別の男性といた。どことなく似てるから親族だろう。

「皆に聞いてほしいことがある！」

第二王子が声を上げる。

「ハーライト、どういうつもりだ？」

「どうもこうも、私は兄上のために言っているのですよ！」

「私の？」

首をかしげたハルト様を一瞥したあと、第二王子は、その隣にいるリーゼを指さして告げる。

「はい。悪女リーゼロッテ！　お前の悪事はバレている！　今すぐ兄上を解放しろ！」

「私《わたくし》ですか。悪事というのは？」

まったく身に覚えのないことを言われて、リーゼは冷めた目で第二王子を見据えている。

「ふん！　しらを切るつもりか。悪事とは、我が愛しき人であるリリアに対するいじめの数々だ。このような非道な行いをする女を国母になどさせるわけにはいかない！」

「私《わたくし》が彼女にどのようなことをしたというのです？」

第二王子は声高にいじめの内容を話し出す。

簡単にまとめると、リーゼはリリアの所持品を汚したり捨てたりした。足を引っかけてわざと転ばせたり、水をかけたりした。そしてその多くはリーゼ本人ではなく、取り巻きにさせていたらしい。

「なるほど。私《わたくし》がやったという証拠は？　まさか、ないとは言いませんよね？」

「あるに決まっているだろう！　証拠はリリアが泣きながらそう言ったからだ！　それに私も見て

いるからな。お前のそばで倒れているリリアを！」

以前、リーゼが言ってた、すれ違いざまになぜかひとりで転ぶやつかな？

リリアはこの世界が乙女ゲームの世界って言ってたし、悪役であるはずのリーゼが自分をいじめないからわざとやったのかな。

「はぁ、証言は証拠として弱いですわ。それに、大事なことをお忘れでは？」

「何？」

「なぜ私《わたくし》がリリアさんをいじめる必要が？　彼女、王太子殿下に媚を売ってはいましたが、冷たくあしらわれていたので私《わたくし》は静観していました。そんな相手にわざわざそんなことをする必要性はありませんわ」

「う、たしかに……」

いや、納得しちゃダメでしょ。

第二王子の腕にしがみついて、無駄に大きい胸を押しつけながらうるうるしているリリアでさえ、マジかこいつっていう顔一瞬したよ!?

「リ、リーゼロッテ様じゃなかったかもぉ。えっと～……そう！　ノエルちゃんです！」

リリアは私を見つけるとうれしそうに指をさして高らかに言った。

え、今度は私!?

「さっきと言っていることが違うようですけど？」

「わ、わたしの勘違いでしたぁ～！　全部、わたしをうらやんだノエルちゃんの仕業です！」

会場中の人の目が私に向いた。

はあ、これ私が出ないといけないよね。

「なぜ私があなたをうらやむ必要が？」

「ふふん、だってぇリリアは王子様に愛されてて、頭もいいからうらやましいんでしょ！」

「まったくもってうらやましくありません」

「はあ⁉」

チラリとハルト様のほうを見たら、いい笑顔でこっそり親指を立てていたので遠慮なくいかせてもらう。

「正直まったくうらやましくない。だってそうでしょ？　ルリアーナ様っていう優しくて素敵な婚約者がいるのに、ほかの女にうつつを抜かすとかありえない。頭がいいって、あなたの成績はクラスで最下位じゃない。何か研究しているわけでもないみたいだし」

散々迷惑かけられてきたし、鼻で笑いながら言ってやる。

「な、不敬だぞ！　おい衛兵、この女を牢に入れろ！」

「いや、かまわない。ノエル、もっとや……んん、続けてくれ」

ハルト様、今、絶対もっとやれって言おうとしたな。第二王子とリリアは、どれだけハルト様に迷惑かけてるんだか。

私はここぞとばかりに言葉を続ける。

「そうそう、夏にあった研究の中間発表会で、私の研究室から研究結果を盗んで、あたかも自分のものみたいに発表してたし……悪知恵はよく働くんだろうけど、私より頭がいいわけないわ」

研究結果を盗まれたという私の暴露に周りはざわついた。

在学中の研究は、平民にとってとても重要なものだ。無料で研究室を与えられ、基本的に費用は学園負担で材料も安く手に入る。成果を出せば、将来、王宮魔法師団《おうきゅうまほうしだん》への勤務だって夢じゃない。

それを盗んだとなれば大事《おおごと》だ。

「でたらめだ！　リリアがそんなことするはずがないだろう！　大体あれは、貴様がリリアに恥をかかせようとして嵌めたんだ！」

「そうですぅ！　ひどい！」

リリアはうう～と第二王子のうしろに隠れて、泣き真似をし始めた。

私の位置からはバッチリ泣いていないの見えてるよ。

「殿下はご存じのはず、リリアが私の開発したＭＰ回復薬を飲んで気絶したのを。あんなミス、もし本当にリリア本人が作り出していたらまず起きません。だって未完成品もいいところですから。それを自分で飲むなんて自殺行為もいいところです」

「うぐぐ……！」

反論できないでしょうね。事実だもの。

ただ、私の証言だけではまだ少し弱い。相手は王族で私は平民。周りもどっちの言い分が正しいのか考えあぐねてる。

「ふむ。ノエルさんの言っていることは事実であると私が証言しましょう。リリアさんの過ちをこの目で見ました」

どうしようかと思っていると、おじさんが前に出てきた。この人って……

「な！　デルト侯爵！」

第二王子が驚いた声を上げる。

「私は王宮魔法師団《おうきゅうまほうしだん》のひとりとして責任があります。仕事のひとつとして、中間発表会への参加があるんですよ。有望な研究員を見つけ、意欲があれば研究所へ推薦するためにね。ただ、わからぬように変装しておりましたゆえ、殿下が気づいていなかったのも無理はありません」

どこかで見たことあるような……って思っていたら、まさかの王宮魔法師団《おうきゅうまほうしだん》の一番偉い人。中間発表会の会場にいたとは。そんな人が味方してくれるのは心強い。

さあ、どうする？　第二王子？

「だ、だが！　これまでのリリアへの無礼は許されないぞ！　リリアは今や伯爵令嬢！　だがお前は所詮卑しい平民だ！」

王子が平民を卑しいとか言ったらダメじゃない？

周りもざわついてるし、平民のおかげで国は成り立っているのに。入学してすぐくらいのころ、平民をバカにするな、なんてことをリーゼに言ってたよね？

「貴族への無礼な振る舞いは許されない！　よって、お前は国外追放だ！」

どうだ！　と言わんばかりのドヤ顔で見てくる。

面倒だ。リーゼたちが間に入ってこようとしてくれるけど、悪化するだけな気がしてそっと止めた。

さて、どうしようか……

「何をしている。ハーライト」

「父上！」

遅れていた両陛下が現れた。

会場にいた人々は頭を下げたが、第二王子とリリアはそのまま立っているだけ。

それこそ無礼じゃない？　ほら、陛下も眉がピクピクしてる。

「説明しろ。何をしている」

「はい！　私の愛するリリアを虐めたノエルを断罪しています！」

「それは今ここでする必要のあることか？」

「もちろんです。今やれば逃げられないでしょう！」

胸を張って言うことじゃないと思うよ。だって傍から見たらやってることは弱い者いじめだし、片方は元だけど平民同士の喧嘩みたいなものだからね。少なくとも王子が介入する問題じゃない。

「父上、ノエルを国外追放する許可をいただきたいです！」

「国外追放はする」

「陛下!?」

リーゼやヴィンス様が驚いた顔をしている。ミリアに至っては倒れそうだ。

私？　私も驚いてはいるよ？

驚いてはいるけど、陛下のことだし、何かあるんだろう。

「やはり父上はわかってらっしゃる！」

「陛下ぁ、国外追放はさすがにかわいそうですぅ。ノエルちゃんはぁ、リリアのためにずっと研究してればいいんですよ！」

「名案だ！」

いつの間にか、リリアの間延びしたあの喋り方が戻ってる。頭空っぽとしか言いようがないな。

盛り上がるふたりに冷たい目線を向けていると、陛下が再び口を開いた。

「ただし、追放するのはハーライト、お前の愛人だ」

「あ、愛人ですって⁉」

「ち、父上、どういうことですか！」

「お前は北の塔で隔離することが決まった。皆、聞け！　本日限りでハーライトの王子としての資格を剥奪する。ヴィーテ侯爵令嬢との婚約については、こちらの有責として処理する。侯爵は後ほど別室へ来てくれ。ハーライト、お前は一度頭を冷やせ、バカ者」

陛下の宣言に第二王子は呆けた顔をしていた。

その隣に立つリリアはブルブルと体を震わせ、可愛らしい表情を捨て去って鬼の形相で叫んだ。

「王子じゃなくなるですって⁉　じゃあもういらない！」

「リ、リリア？　なんで……」

「なんでですって？　あんたみたいなバカ好きなわけないじゃない！　あんたの魅力は顔と地位だ

けよ！　エッチも痛いだけで最低！　クソよクソ！」

腕に縋る第二王子を振り払い、リリアは私のほうへ一目散にやってきた。そして殴りかかろうと腕を振り上げた……が、ヴィンス様がその腕を掴んだ。

「あ……ヴィンス様ぁ、助けてくださいぃ……わたし、今までのことは全部ハーライト様に脅されてて……あんな頭のいいだけの捨て子より、わたしのほうが絶対いいですぅ！　ヒロインが断罪されるなんてありえないのよ！」

リリアは自分を掴んでいるヴィンス様の腕に突然縋り、猫なで声で意味のわからない主張を始めた。

恋人が色仕掛けされてムカつかないはずがない。私は引き剥がそうとするが、それよりも先にヴィンス様が力加減なしに腕を振り払う。

「きゃぁ！　な、なんで！」

リリアは床に倒れた。

「ハーライトと深い関係だったにもかかわらず、その地位を追われた途端、別の男に乗り換える女の気が知れん。頭のいいことの何が悪い？　むしろバカに公爵家の妻は無理だ。それに、捨て子であることは彼女の責任ではないし関係ない。多くの者に信頼される、どんな環境にあっても腐らなかった強い女性だ」

私の努力を見ていてくれた。

心の奥底でずっと重くのしかかっていた、自分は捨てられた子ども、という暗い気持ちを取っ払ってくれた。私のせいじゃないと言ってくれた。

それが何よりもうれしい。

「は、母上……私は、違う違う違う！　母上、助けてください！」

第二王子は王妃に向かって必死に叫ぶ。

「はぁ、どこで間違えたのかしら。リーンハルトは優秀なのに。せめて婚約者は優秀な子をと思ってルリアーナ嬢をあてがったのに。全部無駄だったのね……彼女にはたくさん迷惑をかけたわ」

王妃様は悲痛な顔で額を抑え、さらに続ける。心なしか顔色も悪い。

「婚約者は大事にするように、と今まで散々言ったのにもかかわらず、お前はルリアーナ嬢を煩わしがった。今さら助けを求められても困るわ。お前にできるのは被害者に頭を下げて、おとなしく真面目に生きることだけよ」

「そんな、母上！　見捨てないでください！」

なおも縋りつこうとする第二王子に、陛下がついに怒った。

「はあ、仮にも王族。まったく見苦しい姿を見せるな！　衛兵、連れていけ！　お前たちには追って詳しい沙汰を下す」

陛下の号令により、駆けつけた衛兵がリリアと第二王子を連行していった。

王妃である母親にも拒絶され、魂が抜けたような第二王子とは反対に、リリアは大広間から出る最後のときまで喚き立てていた。

「私はヒロインなのに！　こんなの、全部バグのせいよ！」

「リセット……そうよ、リセットボタンはどこ⁉」

かわいそうなリリア。

ここはゲームの世界じゃなくて現実。

そのことに気づけていたら明るい未来があったはず。だって彼女曰く、ゲームではヒロインは優秀で愛されてる少女だったんだから。

その機会を不意にして、破滅への道を進んだのは彼女の意思。たくさんの人に迷惑をかけた彼女のこの結末は自業自得だけど、もし前世の記憶がなければ、ゲームとしてプレイした記憶がなければ、同じ平民同士、いい友人になっていたかもしれない。

そう思わずにはいられなかった。

「ノエル嬢……大丈夫か？」

「はい。大丈夫ですよ」

ヴィンス様がそっと頭をなでてくれる。

その温もりに寄り添うように少しだけもたれかかった。

「皆の者、騒がせたな。時間は残り少ないが、最後まで楽しんでいってくれ」

陛下の言葉で、パーティーが再開する。

あちこちで聞こえる話し声の内容は、もっぱら今あったことだろう。

公爵令嬢であり、次期王妃であるリーゼをジロジロ見るわけにはいかないため、不躾な視線はすべて私に向いたが、さりげなくヴィンス様が守ってくれた。

こんなことがあった手前、何事もなかったかのように楽しめるはずもなく、ぎこちない雰囲気のまま、学園の創立記念パーティーは幕を閉じたのだった。

その後、リリアと第二王子、そして付き従っていた側近の処分が決まった。

リリアは伯爵家との養子縁組が解消され、北部の修道院へ入れられることとなった。リリアを養子に迎えていた第二王子派の伯爵家は、王子に頼まれて養子縁組をしていただけだったため、特に罰を受けることはなかった。

ただ、リリアにとっては比較的甘い処置だと言える。

というのも、主に被害があったのは平民である私だったからだ。リーゼも迷惑を被ったが、リリアが流した噂などで被害は受けてはいないということで訴えなかった。

結果、彼女は北部の修道院とはいえ比較的温暖な地域の、規則さえ守っていれば、監視つきではあるが月に何度か外出もできるところへ入ることになったようだ。

これからリリアが現実を見て更生できれば、穏やかな余生を過ごせるはず。

一方、第二王子の処遇についてだが、どうやら公表されたものとは違うらしい。

ハルト様が私も当事者でかつ信用に値するからと教えてくれた。

表向きは、極寒の地に建つ北の塔に隔離ということになってはいるものの、実際は過ごしやすい東部にある王家の領地に建つ教会に早急に預けられたそうだ。

というのも、これまた主な標的が私だったから。

そして、なんと驚くことに、第二王子に幼いころに洗脳魔法を受けた痕跡が見つかったらしい。

これは、衛兵に連れていかれたあと、第二王子がありえないほどの錯乱状態に陥ったようで、魔法師団の団長が調べて発覚した。

なんでも第二王子派が自分たちに都合のいい傀儡王にするために、幼少期の教育時に洗脳魔法をかけていたというのだ。今、第二王子の洗脳に関わった当時の側仕えや乳母、そして教育係の大規模な捕縛作戦を行っている。

処遇が表向きには北の塔への隔離となっているのは、王子を守るためでもあるようだ。東部の教会は駆けこみ寺のような役割があり、警備は厳しく、神様のお膝元なだけあって安全だろう。

ただ、万が一を考えて、偽名を使い、髪と瞳の色を変える魔道具を一生つけることになったみたい。

平民軽視や兄への対抗心など、洗脳魔法を受けてから長い時間が経っているため、完全にそれを解いて真っ当な状態に戻すことは難しいようだ。

突然、洗脳魔法が解けることによって発狂してしまわないように、丁寧に時間をかけて解いていくらしい。

その過程で、彼の根本に植えつけられた考えに矛盾が生じることを願う、とハルト様は言っていた。そして再教育ができる状態になれば、再び会えるだろうと語る。

その顔はどこか寂しそうだった。

また、側近は第二王子の情報を派閥のトップである某侯爵家に逐一流していたようで、関係者は全員捕縛された。第二王子の洗脳事件に関わった者とともに処分されるそうだ。毒杯を賜ることはなく、屈辱的な死に方になるだろうとヴィンス様から聞いた。

婚約者だったルリアーナとその侯爵家は調査した結果、洗脳事件に関与していないことがわかった。

多額の慰謝料と婚約破棄はルリアーナに一切の責任はない、という宣言を王家が出した。令嬢にとって婚約解消など大事《おおごと》であるが、王家の宣言により次の婚約者探しはそう苦労しないとルリアーナも喜んでいた。

今回のことを受け陛下は、責任を取るために、ハルト様が学園を卒業次第譲位するとおっしゃった。

ハルト様は私たちのひとつ上。学園は三年制なため、まだ一年と少しある。

しかし少しずつ実権を移し、リーゼの卒業を待って結婚、それから間をあまり空けないうちに陛下が退位、ハルト様の即位となるらしい。

両陛下は退位したあと、よほどのことがない限りは政治にかかわらず隠居するようで、もうすでに忙しくなってると、ハルト様がぼやいていた。

これで学園での騒動と国を混乱させた第二王子の洗脳事件は幕を閉じた。

もうすぐ、寒い寒い冬が来る。

閑話　第二王子の独白

私はハーライト・ノルシュタイン。ノルシュタイン王国の第二王子だ。

この教会へ連れてこられた当初、私はそれはもう暴れた。なぜ私がこんなところに幽閉されなければいけないのかもわからなかった。

しかし、王子という立場を剥奪され、一神官となってほかの神官に教えられながら、洗濯や掃除、料理をして、祈りを捧げる毎日を過ごしていると、不思議と苛立ちが落ち着き、激情が鎮まっていった。

そして今までどこかぼんやりとしていた思考が、段々と晴れていったような気がした。

そんなある日、私は神に会った、と思う。

夜眠っていると、神々しい光に包まれたのだ。本能的にこの方が神だと理解した。

神は私の身に何があったのか、リリアやルリアーナがどうなっているのかを教えてくださった。

——私はいつも兄と比べられてきた。

幼いころは仲がよかったと思う。

優秀な兄と兄の搾りかすである弟。将来、国を率いる王という立場に就くからこそ、周囲は厳しい目を向けたが、それは幼い私を疲弊させた。

しかし、私は兄より勉強も運動もできなかったにもかかわらず、王位に就くのは自分だと信じていた。

今だからこそわかる。私が王座に就くことは決してなかったということが。

女にうつつを抜かし、周りに迷惑をかけることなど、未来の王として……いや、そもそも王族としてふさわしくない行いだった。

洗脳されていた影響が強く現れていたのだろう。

思えば、将来王となる兄を支える優秀な王弟として私を教育するべきはずの家庭教師は、王を支えるための心意気や王の代わりに王弟が行う業務についての教育は甘かったが、帝王学教育は厳しく行った。また、ワガママを諫めるべき立場の乳母は、私のワガママすべてを許容していた。

時々尋ねてくる私の派閥という侯爵や、側近や侍女など周囲の人間は全員私に甘く、皆『王になるのは第二王子殿下』と口を揃えて言っていた。

この国は基本、長男が家督を継ぐ。王族も例外ではない。

だから兄が健在であるにもかかわらず、私が王になるというのはおかしな話だったのに。

私は馬鹿だ。王家の血は洗脳魔法に対して強い免疫を持っているが、子どもは跳ね退けることが難しいと言われている。幼いながら、王になることを諦めきれない気持ちが心のどこかにあり、そこにつけこまれてしまったのだ。

リリアもかわいそうに、私のことなど愛さなければ。

……いや、違うな。ノエル嬢に対抗心など燃やさなければ、妄想に取り憑かれなければ。

あの容姿に加えて高い魔力、珍しい光属性を持つ。裕福な商人、うまくいけば下級貴族との結婚も望めただろうに。

彼女を愛していたのは、洗脳によるものではなかったと思う。彼女といたときはただのハーライトでいられた気がする。もし私が、王子などではなかったら……一緒になれたのではないかと今でも時々考える。

彼女は北でも特に過ごしやすい修道院へ入れられたと聞いた。もう二度と会うことはないだろうが、短い時間でも心から愛した女性の幸せを願わずにはいられない。

それにルリアーナにも悪いことをしてしまった。

彼女に咎はないと王家が宣言を出したらしいので、今度は私のようにどうしようもない男ではなく、誠実な人と幸せになってほしい。今はもう祈ることしかできないが……彼女のこれからに幸あらんことを。

洗脳は二種類ある。

ひとつは話術や暴力を持って行うもの。

そして、もうひとつが闇属性の魔法によるもの。これは特に威力が強く、無理に洗脳を解こうとすると、自身の脳が情報量に耐えきれなくなるらしい。

一度かけられれば手の施しようがないほど強い洗脳魔法を受けた私。それをどうにか解けないかと兄が先導して奮闘した、と神はおっしゃっていた。

教会での生活が落ち着いた頃合いを見計らって、精神魔法を得意とする者が、絡まった糸を解くように洗脳を解除する予定だったらしい。

もともとこの教会は、精神に作用する魔法の効果を弱める力が強いようで、洗脳魔法の副作用のひとつ、感情のコントロールができなくなることは滅多になくなった。

それを見て、神が私に一度だけチャンスを与えようとおっしゃった。

それは、私が心から後悔して反省の気持ちを持てば、魔法で行う場合よりも精神への負担を少なくして洗脳を解除できるようにすると。

なんでも側近だったジェイコブは私の監視と洗脳魔法をより強く精神に絡める役割だったらしく、兄の考えた解除方法では私は発狂していたらしい。

私などのためにここまでしてくださった神に、残りの人生で誠心誠意仕えよう。

それが、私が迷惑をかけてしまった人々への詫びになると信じて。

ひとりの神官として、自らの罪を胸に刻もう。

傲慢かもしれない、けれど皆の幸せを祈ろう……

閑話　リリアの独白

わたしはリリア。平民だから苗字はない。

この世界が前世でハマっていた乙女ゲームだと気づいたのは、十歳ごろ。

高熱を出したあと、起きて違和感を覚えて鏡を見たら、前世のわたしと比べ物にならないぐらいの美少女がそこに映っていた。一瞬で乙女ゲームのヒロインだってわかったよ。気づいたときはすごくうれしかった。

前世でわたしがどう死んだのかは、うっすら覚えてる。

あれはたしか……わたしの好きピと仲のいい女に電車のホームから突き落とされた。

意味わかんない。あの女が悪いのにさ。

だって、根暗女のくせに学校一のイケメンであるわたしの好きピといい感じとか、イジメられてもしょうがないでしょ？　てか、それで殺すとか意味わかんなすぎる。

まあもういいや。うざいけど、わたしは超可愛いヒロインになったんだし！

十六歳になったら学園へ行くの。

このゲームは学園が舞台で、攻略対象は王太子であるリーンハルト、第二王子のハーライト、公爵家次期当主のヴィンスレット、次期騎士団団長のファウト、そして次期魔法師団団長のエリオット。みんな違う美貌でみんな好きだけど……

やっぱり一番はリーンハルトよね！

リーンハルトのルートでは、リーゼロッテっていう婚約者が悪役令嬢として立ちはだかるんだけど、婚約者との仲が最悪で、次期国王としてのプレッシャーと孤独をヒロインが癒すの。

ヒロインはその性悪女のいじめにも健気に耐えて、最後、リーンハルトの卒業式で悪役令嬢は婚約破棄！　リーゼロッテは国外追放になって、わたしは強い光属性の力が認められて未来の王妃になるの。

ああ、学園が楽しみ！

って思ってたのに……

誰よ、あの女！　ノエルとかいう女、わたしの邪魔をしやがって！　あの女も転生者に違いない！

消してやりたいけど時間は有限よ。あんな平民女はあとで簡単に消せる。

とりあえずルートの分岐点まで早く進めなきゃ。

なのに、あれ？　どうして？

最初の攻略対象のファウトは、同じ騎士学の授業を受けることで会える。

そう、会えたは会えたの。だけど、このわたしが話しかけてあげてるのに『うるさい』って⁉

そのうえ、模擬戦はノエルとやるとかありえない。剣なんか握ったことないからフラフラで、みんなに笑われて最悪！

次よ次！　って思って、エリオットに会うために必要な魔法学の授業を受けにいったら、またあの女、エリオットと仲良さそうにして、なんなの⁉

観察してたらおかしいことだらけ。

リーンハルトが婚約者と仲がいいなんて、どういうこと？　バグでしょ。バグってるのよ、この世界。

でもまあいいわ、ハーライトはゲーム通り、兄への劣等感でひねくれていた。仕方ないからハーライトから攻略するか。

この世界はわたし《ヒロイン》の世界。わたしは絶対に幸せになれるんだから！

……そう思ってた。だけどこれは何？

どうしてわたしが責められてるの？

シナリオがまったくゲーム通りに進まないから、バグであるノエルを排除するしかなかった。そのためにハーライトに頼んで貴族の養子にしてもらったのに！

なんでなんでなんでなんで！

悪いのは全部ノエルじゃない！

それに、ノエルがいうことを聞かないからリーゼロッテを本来の悪役に戻して役目を果たしてもらおうとしたら、わたしは公爵家の人間として無礼な伯爵家なんかいつでも消せるって脅してきた。

結局、権力にものを言わせるんじゃない。自分の力でもないのに最低！

悪役令嬢リーゼロッテはリーンハルトの卒業式でどうせ消えるから、ノエルの排除に専念しようとしたのに……みんななんであの女を選ぶの？　わたしは珍しい光属性を持ってるんだよ？

頭のいい女なんて小賢しくて男は好きじゃないって、前世の両親に教えられたのに、どうして女嫌いのヴィンスレットがあの女に寄り添ってるの！

ノエルがどんなに悪いやつか教えてあげたのに、わたしはパーティー会場から連れ出され、湿っぽい牢屋へ入れられた。

どんなに叫んでも見張りはうるさそうにするだけで何もしてくれないし、ハーライトやほかの攻略対象も会いにきてくれない。

ヒロインが捕まってるんだから助けなさいよ！　もう、イライラする！

仕方がないから部屋の隅にあった硬いベッドに寝転んで不貞寝をすることにした。

きっと明日になったら助けにきてくれるし！


次の日、わたしはガタガタ揺れる馬車の中で目を覚ました。

は？　ここどこ？

わたしを監視していた男によると、わたしが寝てから二日経っているようで、この馬車は転移陣を使いながら北の領地にある修道院へ向かっているらしい。

「この甘い処置で済んでよかったな」

って……いいわけないじゃない。

こんな、こんな！　わたしはヒロインなのに！　修道院は悪役が行く場所って決まってる！

どれだけ喚いても、誰も助けてくれなかった。

馬車は目的地に到着したようで、わたしは修道院に引き渡された。

ハーライトに買ってもらったドレスはもうグチャグチャだったからいらないけど、代わりに渡された服が気に入らない。

なんでわたしがこんなの着なきゃいけないのよ！

でもそれしかないから渋々着る。寝ている間は何も食べてなかったから、と出た食事も、ここ最近は食べてない質素なもの。贅沢なおいしい料理に慣れたわたしにはまずくて仕方ない。

食べ終わると、ここで一番偉い修道女にいろいろ説明された。

掃除、洗濯、料理は当番制で、水浴びは毎日決められた時間にすること。神に祈りを捧げ、社会奉仕する。

わたしは掃除も洗濯も料理もできない。っていうか、可愛いわたしを両親はいっぱい甘やかしてくれて、何もやらなくていいって言ってくれてたもん。

修道女に教えるって言われたけど、ダルすぎ。適当にサボろって思ったけど、真面目に過ごしてたら月に何回かだけ見張りがつくけど外出できるし、お小遣いもちょっともらえるって。

わたしは早く王都に戻って、ノエル《バグ》やリーゼロッテ《悪役》に騙されている攻略対象たちを救ってあげなきゃいけないから仕方がない。今は真面目にやってあげる。

それからわたしはいい子ちゃんになった。

言われた通りのことをこなして、いつもニコニコして、誰かの手伝いをして……

そしてついに、この日が来た！

今日は初めて外出ができる日。

やっとよ、まずは情報を集めなきゃ。ああ、でもうしろからついてくる監視がうざいなぁ。

とりあえず近くに何があるか把握しておかなきゃね。

もらったお小遣いを握りしめてぶらぶら歩く。ど田舎だと思ってたけど、意外とお店があって栄えてる。だけどやっぱりわたしくらい可愛い子は王都みたいな華やかな場所じゃないと。

あ、お菓子屋さんだ。修道院のご飯っておいしくないんだよね。学園で食べてた白いふわふわなパンじゃなくて、黒いカチコチのスープに浸さないと食べられないパンだし、そのスープも薄味で野菜が少し入ってるだけ。お肉は滅多に食べられない。

王都に戻るためにお金を残しておく必要があるから、クッキーをちょっとだけ買って外のベンチで食べる。あんまり甘くなくてまずい。

ハーライトにもらったクッキーは可愛くて、甘くて、サクサクしてておいしかった。

はあ……ま、所詮田舎だし。それでもまだ久しぶりの甘いものだから全部食べた。

また街を見て回って、日が暮れる前に帰った。

初めての外出から数か月後、わたしはまた街へ出かけた。もう何度も外出していて、最近はずっとわたしの監視をしていた修道女の目も優しくなり始め、外出の際の監視も最初のころよりは緩くなっていた。

外出するたびに行くカフェで一息つく。

すると、見知らぬひとりの男が隣の席に来た。前髪で目が隠れていてやぼったい。ここのカフェラテ、気に入ってたのに、なんか気分下がる。

どうせならイケメンがよかった。

ため息をついていると、男が話しかけてきた。

――君はここにいるべき人間じゃない。君をこんなところに押しこめたやつが間違ってる。

そうなの！　わたしはあの女に嵌められた！

興奮していたことに気がついて慌てて監視がいるほうを見ようとすると、気づかれないように魔法がかかってるって。聞き耳を立てても世間話をしているようにしか見えないんだって。

そして、男はこうも言った。

――わたしを陥れた女は邪悪な魔女で、この国を邪神とともに混沌に陥れようとしている、って。

男はこの国の国教とは別の宗教を信仰する人間で、この国の解放のためっていうか、崇高な目的のために動いてて、穢れた大地を浄化するのが目的って言ってた。

そのために、光属性が強いわたしの力を借りたいって。わたしは聖女だって！　一緒に来てくれるなら厚遇を保証するって。

わたしは男の手を取った。

あんなしみったれた修道院はごめんよ！

今夜、迎えにきてくれるからそれまでに荷物を準備しないと。そうは言っても、持っていくものなんてないに等しいんだけどね。監視もどうにかしてくれるって。

今、わたし《ヒロイン》がいくから、待っててね、王子様《攻略対象》！

そしてその夜、リリアは修道院から忽然と姿を消した。

第十一章　暗雲立ちこめる

あの学園の創立記念パーティーが終わってから数か月後。

「ねぇメルフィさん、最近魔物が増えてない？」

「ノエルさんもやっぱりそう感じますよね。ここ最近の大雨や気温上昇といった異常気象といい、何かよくないことが起こりそうです」

私は久しぶりに冒険者ギルドを訪れていた。

「何か……ね。ギルドに情報は入ってきていないの？」

なんだか嫌な予感がする。なんていうか……心臓がゾワゾワする感じ。何もないといいけど、悪い予感ほど当たるっていうしな。

「今のところは、何も。だけどひとつ、この状況に心当たりがあるんです」

「何？」

「これは私の故郷、エルフの里に伝わるお話なんですが、かつてこのような状況になった国があったそうです。原因は邪竜。その邪竜は破壊の限りを尽くした。大国で力があったにもかかわらず、その国はまったく太刀打ちできなかったというのです」

「え、そんな……。じゃあ、その邪竜はどうしたの？」

「その国に伝わる本に記された封印を用いたそうです。ただ対価が大きく……」

「どんなものだったの……？」

「国民全員の魂を用いて、国を封印場所にしました。そうするしか方法がなかったのです」

「なっ……」

そんな大規模な封印をしなければいけないほどなの？　国民全員の魂が代償だなんて……

「国民全員がその方法に賛成したこともあり、封印を行いました。これが私の故郷に伝わっている話です」

状況が似ているだけならいいけど、この悪い予感を放置するのはいけない気がする。

「邪竜……調べてみる価値はありそう」

「国立図書館なら何かわかるかもしれません。このノルシュタイン王国は滅びたその国と交流があったそうなので」

「わかった。調べてみる。ちなみにその滅びた国の名前は？」

「その国の名は、カシェラ王国です」

メルフィさんと別れたあと、私はすぐに国立図書館に向かった。そして何か情報がないかと歴史書を漁り続ける。

「……見つけた」

しばらく探し続けて、やっと見つかった。

メルフィさんに教えてもらった、かつて存在した国の歴史が書かれた本。

カシェラ王国に関するものはその一冊だけで、どうやらその国の王子の日記のようだった。

――繰り返されるスタンピード、終わらない異常気象による飢饉。

国は頭を抱えることしかできなかった。

そして、それは突如現れた。

大国と呼ばれる我が国の空を悠々と飛ぶナニカ。

それはある日、王宮に攻撃を仕かけてきた。

それは巨大なドラゴンだった。ギョロギョロとこちらを見つめる瞳は淀んだ黄色。体はボロボロで、腐敗臭のような強烈な臭いがした。

ここではそれのことを『邪竜』と呼ぼう。

邪竜は破壊の限りを尽くす。邪竜をどうにかする手はない。

そんなとき、王家の書庫から邪竜を封印する術を記した本が見つかった。

しかし、あれだけのものを封印するのだ。代償はとてつもなく大きい。

だが国民はその代償を受け入れた。そうするしか方法がないのならば、そうするべきだと。

彼らの国を想う心を誇らしく感じると同時に、彼らを守ることのできない己の不甲斐なさに心が痛む。

だから、せめて邪竜のことをここに記そう。

その脅威と封印方法を。

我が国の犠牲を無駄にしないためにも。

封印場所として犠牲になった我が国の最期を、愛しい国民全員の最期を見届けながら、警告しよう。

絶対に邪竜の封印を解いてはならない。

あぁ、私の愛しい国が今滅んでゆく……

だが、私たちの犠牲で世界が平和になるのならば、誇らしく思う。

カシェラ王国王太子　フェリド・カシェラ

一ページずつ、しっかり記憶に焼きつけるように読んでいく。

スタンピードに異常気象。これが一度に起こることなんてそうそうない。

もし、今この国に起きている現象の原因が日記に書いてあるものと同じなら、邪竜が復活する予兆なのかもしれない。もしこのまま邪竜が復活したら、甚大な被害が出るはず。実際に日記では大きな被害が出たって書いてあったし……

そこまで考えて、一度深呼吸をして目を閉じる。

本当に邪竜が復活するとして、あとどれくらい時間があるか。

これまで大きな動きや復活の予兆はなかったのに、なぜいきなり？　あまりに突然すぎる。

「うぅ〜」

考えすぎて頭が痛くなってきた……

この日記の悲劇は絶対に起こしてはいけない。まだこの世界で意識が芽生えてせいぜい十年くらいしか経ってないけれど、その間にたくさんの大切なものができたから。

私を救ってくれたみんなを救いたい。大切な人を、愛する人を守りたい。

今こそ、私のチートを見せてやる！

……でも本当に勝てるのか、どこまで力が及ぶのかわからない。

う～ん、もうどうしたらいいのかわからない。


「あ」

あの人なら、きっと知ってることがあるはず……！

そう思い至って、私は図書館から飛び出した。向かう先は教会。

祭壇の前で祈っていると、急に周囲がまぶしくなり、気がつくと私は以前の真っ白な場所に立っていた。そして目的の人物に会えた。

「お久しぶりです！　エルリオ様」

「来ると思っていた。よく来たな、ノエル」

エルリオ様は柔らかい笑みを浮かべて私を出迎えた。

「邪竜について、だな？」

「はい。今、下界で起きていることについてはご存じですよね？」

「ああ。知ってる」

「少しでもいいのです。何か、邪竜に対抗する手段はありませんか？　カシェラ王国が行った方法以外で何かありませんか？」

　私の質問にエルリオ様の顔が曇った。

「……残念だが、何も言えない」

「なぜですか!?」

「ルールだからだ。必要最低限の干渉しかしない。それが神に課せられたルールだ」

「私の転生は必要最低限ではないと思うのですが？」

「ああ。ノエルの転生はルールから外れている。北野優子の死は神が原因であったからな。それと、ノエルの魂をここに呼ぶことができたのは、北野優子がもともとこの世界の輪廻の輪に属していなかったからだ。だから多少の干渉は許されている」

「では、私ができることはありますか？　この世界の人たちを救いたい。私を助けてくれた人を助けたい！」

　私はこの世界で生きていく。

　最初は、日本のように平和で治安がいいわけではないこの世界で生き抜くために力をつけようと思った。だけど、ルイさんに助けられたとき、リーゼたちと友達になったとき、そして何よりヴィンス様と思いが通じ合ったとき。

　私は守りたいものを守るために全力を尽くすと誓ったのだ。

「……そうだな。『その手段はすでに与えている。破壊は時として守りであり、救いだ』俺が言えるのはここまでだ。俺もこの世界を愛している。この世界を救ってくれ。頼んだぞ、愛し子よ」

「ま、待ってください、エルリオ様！　どういう……」

言葉の意味を聞こうとした途端、視界がぼやけ、下に引っ張られた。眼を開けると教会だった。

『『その手段はすでに与えている。破壊は時として守りであり、救いだ』……か。すでに与えているもの、破壊……？　何か忘れてる気がする……」

思い出せ、思い出せ！　なんだっけ、考えすぎて頭痛がしてきた。

でも、あと少しで思い出せそうな気がするんだ。小骨が喉に引っかかって取れないような気持ち悪さを覚える。私は何か鍵となるものを忘れて……

「あっ！　そうだ！」

もしかして、あぁ……わかった。

私がこんな物騒な魔法を使えるようになっていたのはきっとこのためなんだ。

エルリオ様から話を聞いた限り、邪竜討伐の鍵となるのは私の『破壊魔法』だろう。

でも、私が今まであの魔法で破壊してきたのは、せいぜいウルフなどの中型魔物。

いくらチートだとはいえ、多くの魔力を使う破壊魔法でコントロールをミスすれば危険なことに変わりない。暴発して周りに被害が及んだらいけないし、練習して精度を上げないとならない。

あと私にできることは何かないかな……

そうだ、ＭＰ回復薬！

もし邪竜が復活してしまえば、戦いになるのは間違いない。

でもそれは邪竜との戦いだけじゃないかもしれない。

……そう、邪竜教の奴らだ。グレンを狙っていたあの賊たちは、たしか邪竜復活を目的として動いていた。

「そうだ、グレン。グレンなら何か知らないかな？」

長い年月を生きている聖獣だ、カシェラ王国のことや邪竜について何か知っているかもしれない。

私はすぐさまグレンを召喚した。

「グレン、前に邪竜教について教えてくれたよね。最近の異常気象やスタンピードは、もしかしたら邪竜復活の予兆かもしれなくて……。もし何か知ってることがあったら教えてほしいの」

「ふむ、そうだな……。そもそも邪竜の正体を知っているか？」

「え？　うーん……悪い思想を持つ竜とか、魔に侵された竜とか？」

「違う。邪竜と呼んでいるが、あれは正確には竜ではない。大昔に人間が生み出した災いだ。当時、世界中で戦争が起こっていた。より強い武器を作り出すために、なんでもやった時代だ。あれは、その際に造られた生物兵器の失敗作。真実はわからないが、多くの動物や人間の奴隷が材料の一部として使われたらしい」

なんて非道な……思わず顔が歪んだ。

邪竜は前世の小説に出てくるような世界征服を目論んでいたり、ただ破壊を好んでいたり、そういうものだと思ってた。

まさか人間や動物を生贄にしていたなんて……

「人間以外の生き物にだってもちろん感情はある。実験が行われる最中、その生贄たちは怨みを募らせ、闇に飲みこまれた。実験を行った国は一瞬のうちに焼け野原になり、竜の形をした兵器は野に放たれてしまったのだ」

グレンは昏い表情のまま話を続ける。

「だが、当時の邪竜はまだヘドロが形を成したばかりのもので、力も安定していなかった。そのおかげで王家の人間が封印を施すことができたのだ」

「待って、もしかして邪竜教って……」

「うむ。その国の生き残りだ。もう長い年月が経っているから、生き残りの血を引かない者もいるだろうが、邪竜を使って世界を自分たちのものにするという思想は受け継がれているのだろう」

失敗して甚大な被害を出してもなお、邪竜の力を使おうとするなんて。

「どうにかして邪竜を助けられないかな……」

人間に苦しめられ、果てに生まれた悲しい生き物を救いたい。永遠に続く苦しみから解放したい。苦しまずに解放できる方法はないのかな。

「無理だ。竜が生まれたばかりのとき、不穏な気配を感じた私はそれを見にいった。まだ力が安定しておらず、生贄の魂はそのまま朽ちることを望む嘆きの声も多かったが、カシェラ王国で再び見た際には、もうこの世に対する怨みと絶望しかなかった。長い年月を経て力が安定し、生贄を捧げられ続けたことでより力が増したのだろう」

「そんな……聖獣の力でも？」

「あのときは誰とも契約していなかったゆえ、神の使いとして、ひとつの国に手を貸すことはできなかった。人間と契約していない聖獣ができることは傍観のみ」

「そうなんだ……」

とりあえず明日学園でみんなに話そう。

まだ不確かなことも多いけれど、このままじゃダメだと思う。一平民の私だけが知っててもどうしようもない。国を動かせる人たちと話し合わなきゃ！

正直、ひとつの国を滅ぼし、このノルシュタイン王国にも厄災をもたらそうとする邪竜を『救いたい』と考えるのは馬鹿げているかもしれない。

それでも、残り少ない時間をすべて使ってでも、何かいい解決策があるんじゃないかと希望を持ちたい。ううん、絶対に見つけてみせる。

急ではあるけれど明日会えないかという手紙をヴィンス様、ハルト様、リーゼ、ミリアにあらかじめ送ることにした。

あくまでも推測でしかない話をいきなり公式に伝えることはできないけれど、このメンバーとは気が知れた仲だし、リリアの件で実権を握りつつあるハルト様に伝えることには意味がある。


次の日、私たち五人はハルト様が指定した学園の会議室に集まっていた。

「いきなり呼び出して、ごめん。最近の魔物の増加をはじめとする多くの異常な状況について、気になって調べたんだけど……」

邪竜、邪竜教、復活の予兆など、昨日調べたことをすべて話した。どうしていきなり復活の兆候が見えたのか、それはわからないままだけど。

「王宮も邪竜とその教団の件は把握している。ここだけの話になるが……」

「待って、防音魔法かけるね……ごめん、続けて」

ハルト様の言葉を聞いて、私は魔法を使う。邪竜の復活はあくまでも予測でしかないいし、たまた ま話を聞いてしまった誰かが余計な心配をしてしまうかもしれないから、念には念を入れて。

防音魔法を確認したのち、ハルト様は再び口を開いた。

「ノエル、ありがとう。それで、カシェラ王国の封印は、多くの命を生贄にしただけのことはあって、そう簡単に破れるものじゃない。ただ封印を解くために、邪竜教の者が幼い子どもを生贄として捧げていることが最近わかった。そしてまだ調査中だが、突然、その封印が大きく緩んだ。のんびりはしていられない。この一件は私が主導で動いているが、正直情報が足りない。尻尾を掴んだと思っても、邪竜教の奴らはすぐに逃げてしまってね」

「邪竜教か……うちに何か情報がないか調べてみよう。クレイス家は建国当時から続いている家だ。カシェラ王国とも国交があったから、何か手がかりになるようなものがあるだろう」

「私も。我が家も建国時から続く家。書庫を探せば何かあるはずよ」

「わ、私も！　私の家は皆さんほど長い歴史はありませんが、何かないか探してみます！」

ハルト様の話を聞いて、ヴィンス様、リーゼ、ミリアがそれぞれ答える。

「私もできることがないかっていろいろ考えたの。もしこのまま邪竜が復活して、戦いが始まったとき、ＭＰ回復薬は絶対に必要になる。だからできるだけ早く完成させて、量産できるようにしたい。……厚かましいことはわかってる。だけど、私ひとりじゃみんなに行き渡る量を作るのは難しい。だから……」

「うん、王宮魔法師団《おうきゅうまほうしだん》に話を通しておく。MP回復薬の量産方法が確立でき次第、持ってきてもらっていい？　ノエルの薬は絶対に必要になる」

「ありがとう！」

私の研究はきっと役に立つ。早く完成させなきゃ。

「ごめん、みんな。国のために手を貸してほしい！」

カシェラ王国のときのような犠牲を出さない。

私たちの戦いが始まった。

一刻も早くMP回復薬を完成させたいけれど、前回できた中級回復薬からあまり進歩がないのが現実。とはいえ、焦らずやるしかない。

上級回復薬は最悪最後でいいかも。結局数がないと意味がないしね。

というわけで、三か月前にラフィーリラの種を植えたみっつのプランターを確認する。

Aには普通の土。魔力を含めた水――魔力水をあげる。

BはMPを含ませた土。ただし水は普通の水。

CはMPが含まれた土、かつ魔力水をあげる。

結果、Aは芽すら出ず、Bは見事な花が、Cは芽は出ているものの花は咲いていなかった。

「やっぱり大事なのは土に含まれる魔力量だ！」

ラフィーリラが咲いている環境的に、重要なのは土だと考えていたけど合ってた。

よし！　Bの花を使って、一度中級回復薬を作ってみよう。

トントントン……ゴリゴリ……グツグツ。

「できた、『鑑定』！」

え!?　市販のラフィーリラを使ったときよりも効果が上がってる。

前回の中級回復薬はMP回復量が１５００。そして、今回のラフィーリラを使った回復薬は１８００。残りを使って上級回復薬を作ったら目標の２０００いくかも。今度は上級回復薬のレシピで作ってみるか。

「『鑑定』！　……わあ、できたー！」

ついにできた！

うれしさのあまり、上級回復薬の入った試験管を持って小躍りしてしまった。

「痛い！」

いたた……勢い余って足を机に強打した。一旦深呼吸して落ち着かなきゃ。喜んでる暇はないんだから。邪竜教がどれだけの戦力を蓄えているのかわからない以上、なるべく早く研究結果をまとめて上級回復薬を量産できるようにしたい！

頬を叩いて気合を入れ直す。

念願かなって上級回復薬ができたとはいえ、市販のラフィーリラと種から育てたもので、どうして効果の違いが生まれるのかがわからない。土に注いだ魔力量？　それとも新鮮さ？

まだ種が残っているので、１００刻みで土に注ぐ魔力量を変える。それを二セットずつ作って、鮮度による変化も調べる。

量産するときは私が成長促進魔法をかけるわけじゃないから、魔力量を研究員の平均に収める。本気を出せば二、三日で花が咲くところを、一週間はかかってしまうけれど、その間に研究資料をまとめよう。


リーゼの家にあった本に驚きの事実が記されていたとのことで、再び学園の会議室に集まった私たち五人。

邪竜を生み出した国は、このノルシュタイン王国の属国だったらしい。

時とともに忘れ去られた、いや、当時の国のトップが闇に葬り去ろうとした歴史。

けれど、それは秘密裏に記されていた。

当時のノルシュタイン国王は、邪竜を生み出す研究をノルシュタイン王国から一番離れた属国に命じた。遠ければ遠いほど、自国への悪影響は減るという理由で。

もともとハルト様は、国のために邪竜を討伐したいと考えていた。

だが、この国の知られざる黒い歴史を知り、邪竜を討伐するよりかは、どうにかして救いたいという私の願いを承諾してくれた。それが、邪竜誕生のための犠牲になったものたちへの唯一できる償いだと言っていた。

救済は討伐よりも難しいし、邪竜に対して取れる手も限られてくる。でも、魔法に関しては私が一番詳しいし、エルリオ様からヒントのような答えももらっていたから。

邪竜救済に向けて私たちは話し合いはじめる。そのとき。

「急ぎ報告がございます！」

ハルト様の側近のひとりが飛びこんできた。

「どうした？」

「カシェラ王国跡地にて邪竜教を監視していた部から報告があり、邪竜の復活を確認したとのことです！」

その言葉を聞いて、私たちの間に緊張が走った。

「なんだって⁉　大人しくしていると報告があったばかりのはず！」

まだ邪竜教のほうに大きな動きはないらしい、と報告を受けたのはつい先日。

焦って研究の全部が無に還るよりはマシだからと、この一週間は研究をまとめたり、情報収集したりと別のことに専念していたのに。

「そのはずだったのですが、改めて確認を求めたところ、現場の監視役と連絡が取れなくなっていました。おそらく邪竜教側に排除されたかと。また、関係があるかはいまだ調査中ですが、邪竜復活の現場にリリアがいたとの報告があります」

「チッ、遅れを取ったか」

怒涛の報告に、いつもは温厚なハルト様の人相がどんどん悪くなっていく。それだけ事態はまずい方向に進んでいた。

「しかし、復活はしたものの、形が不安定らしく、すぐにこちらに向かってくることはないかと。時間の猶予があるわけでもありませんが」

「わかった。ノエル、負担がかかりかかってしまうが、ごめん。頼んだ」

ＭＰ回復薬も早急に完成させなきゃいけないから相当大変になる。だけど。

「大丈夫です。すぐに続きに取りかかります。中級回復薬までは安定して生産できるようになったので、とりあえずレシピを王宮魔法師団《おうきゅうまほうしだん》の団長に渡してもらってもいいですか？」

「それなら私《わたくし》が行くわ。伝えておいたほうがいいことはほかにあるかしら？」

「ありがとう、リーゼ。そうだな……鍵となるラフィーリラの人工栽培はあと何日かで結果が出るはずだから、結果が出次第すぐに研究結果を持っていくこと。あと、栽培に必要なもののメモを渡すからすぐに栽培開始できるように準備を整えておいてほしい。ごめんね、使いっ走りにしちゃって」

「いいのよ。今、私《わたくし》にできることはほとんどないわ。これくらいやらせてちょうだい。それに、王宮魔法師団《おうきゅうまほうしだん》には顔が利くの」

そう言ってリーゼは微笑んだ。

「ヴィンス、邪竜が来るならクレイス家の領地側からだろう」

ハルト様がヴィンス様に向かって深刻な表情を見せた。

「ああ、方向的には一番確率が高い。対策という対策ができるか微妙だが、領民の避難を始める。すまないが、俺はもう失礼する。何かあったらまた連絡してくれ」

侵攻してくるなら海に面した領地からだとは想定できていた。そして、クレイス家の領地が海に面しているということは知っていた。

だけど、ヴィンス様の大切な故郷が被害を受けるかもしれないと思うと胸が苦しくなった。

被害はゼロに抑えたい。だけどきっと、邪竜相手にそれはとても難しいだろう。なんとか鼓舞してきた自分の気持ちが暗く沈みそうになる。

大きな手に頭をなでられ、うつむいていた顔を上げると、すぐそばにヴィンス様がいた。

「ノエル、俺はもう行くが無理して倒れるのだけはやめてくれ」

「え、へへ……善処します」

そういうと、ヴィンス様は仕方ないという目で私を見て部屋を出ていった。

暗くなっている暇なんてない。私も急いで研究を完成させなきゃ。

◆　◆　◆

男に連れられて修道院を抜け出したわたし、リリアはそのまま馬車に乗せられた。

なんでも、一度この国から出て準備をする必要があるみたい。追手に捕まらないように急いでいるからか、お尻は痛いし、馬車酔いで気持ち悪いしで最悪。腹が立つけど、ここで捕まったら意味がないから我慢してあげる。

「お待たせいたしました、聖女様。我々の拠点に到着いたしました」

やっと着いたみたいで馬車の扉が開いた。

ってやだ、イケメン！　出迎えてくれたのは、神官服を着た金髪碧眼美人系イケメンだった。攻略対象に引けを取らないそのイケメンに手を引かれ、わたしは古い、お化け屋敷みたいな建物に入った。何ここ、カビ臭くて埃っぽい。家具も薄汚れてるんですけど！

「汚い建物ね。わたしを出迎えるならもっときれいな、王宮みたいなものを建てておきなさいよ！」

「申し訳ございません、聖女様。私たちもそうしたかったのですが……ノルシュタイン王国を警戒する必要があるのです。私たちの崇高な目的を実現するためには、今は身を潜めることが必要なのです」

「ふーん。で、わたしはこれからどうするの？」

「まずは少しお身体をお休めください。そのあと、教皇猊下にお会いしていただきます。お部屋はこちらです。お時間になりましたら呼びに参りますので、何かご用があればこの侍女にお申しつけください」

「わかったわ。ね、あなたの名前を教えて？」

「私は一神官で……聖女様に名前をお伝えするなどおそれ多いです」

「あん、もういいじゃない」

「そうおっしゃるのであれば……私はエリックと申します」

「エリックね！　エリックは一緒にいてくれないの？」

「申し訳ありません。聖女様のおそばに侍ることが許されればそうしたいところですが、やらなければいけないことが多く……聖女様が少しでも快適にお過ごしになれるように準備がありまして」

「わたしのため？　なら仕方ないわね。我慢するわ」

「それでは私はこれで失礼致します」

輝くイケメン、エリックは一礼をして出ていった。せっかく彼とお話しようと思ったのに暇。どうしようか悩んでいると、侍女が遠慮気味に尋ねてきた。

「聖女様、よろしければお茶のご用意をいたしますが、いかがなさいますか？」

「気が利くじゃない。早く用意して。おいしくないと許さないから」

そう言うと、大急ぎで侍女は出ていった。

ふふん、この豪華な部屋といい、侍女の態度といい、貴族になったみたいでいい気分！

のんびりお茶をしてお嬢様気分を味わっていると、意外と時間が経っていたらしく、エリックが呼びにきた。

それからきれいなドレスに着替えて、メイクもしてもらう。鏡を見ると、美少女が映っていた。

やっぱり私《ヒロイン》は可愛い。前世のわたしなんか比べものにならないくらい！

エリックにエスコートされて、大きな扉の前までやってきた。

「この先に教皇猊下がいらっしゃいます」

そう言われて、扉が開く。中に入ると、そこには色とりどりの豪華な料理が並んだテーブルがあり、奥に長い白髭のおじいさんがいた。

「ようこそいらっしゃいました、聖女様。あなた様が正しいご決断をされたこと、心よりうれしく思います」

「ふふん、わたしはヒロインだから間違ったことはしないのよ！」

「ええ、ええ、そうでしょうとも。ささ、席にお着きください。食事をしながら、お話ししましょう」

「そうね。お腹が空いたわ」

応えながら、わたしは席に座る。

「聖女様、我々の目的をもうすでにお聞きになっているかと思います。悲願を達成するため、どうかお力をお貸ししていただけませんでしょうか？　もし、お力をお貸しいただけるのであれば……聖女様の邪魔者を排除するお手伝いをいたしましょう」

あは、わたしの邪魔者を排除してくれるの？　正直こいつらの悲願とかどうでもいい。けど、

「わたしの邪魔者を……あの女《ノエル》を消してくれるのね！　いいわ、力を貸してあげる。なんたってわたしは聖女様なんだし！　あ、でも具体的に何をすればいいの？」

「おお、ありがとうございます。この城から西にある遺跡、そこに我々の悲願達成の鍵が封印されております。その封印を、聖女様の聖なる魔力で解いていただきたいのです」

「封印？　それって悪いものなんじゃないの？」

「いえいえ、とんでもございません。あれはノルシュタイン王国が都合の悪いものとして封印したのでございます。あれを解放すれば、たちまち世界は浄化されるでしょう。もちろん、聖女様に危害が加わることがないよう、多くの護衛をつけますゆえ、どうか……」

「ふーん。いいわ、やってあげる！　封印を解くにはどうしたらいいの？」

「遺跡にある宝玉に、聖女様の聖なる魔力をお注ぎいただき、宝玉が割れれば封印が解けます」

「なんだ、簡単ね！　明日にでも行くわ！　ノエルを消す約束、忘れないでね。忘れたら殺すから！」

魔力を注ぐだけで、あの忌々しい女を消して正しいストーリーに戻せる！　なんて素敵！　早く封印を解かなきゃ！　そして、王子様たち《攻略対象》をあの女から解放するの！

「ええ、ええ……もちろんですとも」

豪華なご飯を食べ、広いお風呂に入ってマッサージまで受けた。貴族の女ってこんな贅沢してるの？　ふかふかの広いベッドで寝て、昨日までの疲れも取れた。

翌日、赤い薔薇の刺繍が入った黒いローブを着て、エリックとともに西にある遺跡へ向かう。

聖女って白じゃないの？　なんか魔女みたい。文句を言ったけど、これが正装という返事が戻ってきた。無事に教団の目的を果たしたら白になるんだって。

まあ、これから遺跡に向かって封印を解いたら、あの女に復讐できると思うと最高の気分！

「ねえ、エリック。まだ着かないの～？」

「もう少しかかります、聖女様」

馬車に揺られてどれくらい経ったかな？

はあ、マジで暇なんだけど。やることなさすぎ！　ほんと、スマホがほしい。まあでも、こーんなイケメンのエリックがわたしのそばにずっといて話してくれるのはいい気分！

エリックと楽しく話していると馬車が止まった。着いたの？

「到着したようです。聖女様、お足元にご注意ください」

先に降りたエリックの手を借りてゆっくり降りる。そのままエスコートされて遺跡に入った。

「うえ、蜘蛛の巣やばいんだけど……ジメジメしてるし、なんかくっさい」

「申し訳ありません、聖女様。少し我慢なさってくださいませ」

ほんと最悪。早く戻ってお風呂入りたい！

「ここです、聖女様。この宝玉に聖なる魔力をお注ぎください」

「何これ……」

そこにあったのは、禍々しい雰囲気の黒い水晶だった。正直気持ち悪い。浄化って言ってたし、魔力を注げばきれいになるの？

さっさと終わらせようと、宝玉に触れる。

聖なる魔力とやらをどう注ぐのかは知らないけど、たしかゲームでリリアはその力を使って人々を癒してた。「リリアの魔力＝聖なる魔力」っていう描写だったから、普通に魔力を注げばいいのよね！

でも、魔力を注いでも一向にきれいにならない。

なんで？

何かおかしいと思ってエリックを見たけど、彼は恍惚とした表情で宝玉を見つめていて目が合わない。

「ちょっと、エリック！　どうなってるの！」

エリックに問いかけた瞬間、地面が激しく揺れ、宝玉が砕け散る。そして同時にヘドロのような何かが地面を割って現れた。

「え？　何、これ……」

「ああ、素晴らしい！　神よ、感謝いたします！」

「ねえ、エリックってば！　……きゃあ！」

エリックの腕に縋りつくと、強い力で振り払われて倒れた。

「愚かな聖女様。いや、邪悪なる魔女よ。お教えいたしましょう。あれは破滅を呼ぶ邪竜。我ら邪竜教が待ち望んだ存在。封印の最後の砦である宝玉を割るには、莫大な邪悪な魔力が必要でしたが……あなたがいて助かった」

誰この人……エリックはこんなこと言わない。

なんで、それに……私が魔女？

「どういうこと？　魔女って何？」

「あなたは魔女でしょう。万民を慈しむ聖なる乙女ではなく、憎悪に身を焦がす堕落した悪女。あなたの聖なる魔力は憎しみで反転し、邪悪な魔力へと変質したのですよ」

ニタニタと薄気味悪い笑みを浮かべてエリックは言う。

「そんなっ！」

「さて、あなたの役目はここで終わりです。お疲れ様でした」

「え？」

突然、胸に走った痛み。不思議に思って自分の胸を見ると、剣が刺さり、そこから血が流れていた。

痛い……痛い痛い痛い！

喉は焼けるように熱くて、咳きこむと口からも血が溢れてる。刺されたところは熱いのに、体は寒くて、剣が抜けたと同時に体ごと倒れる。

「多少考える頭があれば利用価値はあったんですが……ここまでのバカはもう必要ない。お別れです、さようなら」

エリック……行かないで……こんなところでひとりなんて嫌……

どうして、こんなことになってしまったの。

わたしは幸せに……

だんだん目を開けられなくなって、瞼を閉じると、嘘泣きじゃない、本当の涙が久しぶりに流れたような気がした。

そこでリリアの意識は永遠に途絶えた。

◆
◆
◆

邪竜復活の報告があってからというもの、私は研究室にこもって研究に没頭した。本当は破壊魔法の精度を上げたかったけど、それより今はこっちを優先。

　そしてついに……

「できた……これが私が目指した上級回復薬！　安定して生産できるレシピも書けたし、ラフィーリラの花の安定した生産量も記録できた。あとはこれを王宮《おうきゅう》魔法師団《まほうしだん》に持っていくだけ」

　善は急げと立ち上がると、立ちくらみがしてよろけてしまった。さすがに四徹はキツいな……

「ノエル、大丈夫ですか!?」

「あ、ミリア。大丈夫大丈夫」

「研究は完成しましたか？」

「うん。あとはこれを魔法師団に持っていくだけ」

「なら、私が持っていきます。ですから、少し休んでください」

「そんな暇ないよ！　みんなそれぞれ頑張っているのに……」

「私はほかの方々と違ってできることはありません。ですからこれくらいやらせてほしいのです。それに、休まないとできることもできなくなります！　睡眠不足による思考力の低下は危険です。

特に今のような緊迫した状況下では。ノエルも冒険者ならよくわかっているでしょう？」

「うう……そうだね。少し仮眠をとるよ。だから、これ。お願いしていい？」

「はい！　もちろんです！」

研究結果を渡すと、ミリアはうれしそうに胸に抱きかかえて部屋を出ていった。

少しでも休むか……

ベッドに横になって目を閉じると、すぐに睡魔が襲ってきた。

パッと目を覚ますと、高かったはずの日はもう落ちていた。

「ん～……結構寝たな」

ぐーっと体を伸ばすと、関節がバキバキ音を立てた。

「体調はどうだ？」

「だいぶいいよ……って、え？　ヴィンス様!?」

「ふっ……大丈夫ならよかった」

口に手を当てて笑いを堪えている。そんなに私の反応おもしろかった!?　恥ずかしい～！

「わ、笑わないでください！」

「いや、すまない。そんなに慌てると思わなくてな」

「うぅ……何か用があったんですか？　領地にいるはずじゃ……」

「用がなきゃ恋人のところへ来たらいけないのか？」

「こ、恋人……」

「違うか？」

「ち、違いませんけど〜！」

「ハハッ、すまない。そう怒らないでくれ。報告と会議のために王城を訪れたら、倒れかけたと聞いて様子を見にきたんだ」

「ありがとうございます。最近忙しかったから、こんなときだけど、会えてうれしいです」

反応がなかったので、あれっ？　と顔を上げようとすると、ヴィンス様の大きな手に阻まれて見えなかった。

でも耳が赤いから照れてるのはバレバレ。なんだか私まで恥ずかしくなってきて、ふたりして顔を赤くしていた。それから、しばらくして。

「ノエル、今日会議中に報告があった。邪竜の存在を実際に確認したそうだ」

ふっと真剣な表情になり、ヴィンス様がそう言った。

「目視できる距離までもう来たのですか？」

「いや、遠視スキル持ちが確認しただけで、国境まではもう少しかかるらしい。うちの領地から国内へ侵入してくるだろう。領民の避難は完了しているとはいえ、被害を減らすために手前の平原で迎え撃つことにした。騎士団や魔法師団を合わせた約五万人の兵がすでに動き出している。俺もすぐに向かうから、また会えなくなるが……」

「私も一緒に行きます。私は行かなきゃいけないんです」

「いや、ダメだ。常々思っていたが、俺たちはノエルに頼りすぎだ。国のために動く義務がある貴族と違い、君は平民だろう」

行きたい私と行かせたくないヴィンス様。ふたりで睨み合う。

彼の言うこともわかる。私は平民。みんなと違って国を守る義務は私にはない。

「たしかにそうです。でも、これは私がしたいこと。それに、大好きな人たちのため、私に手を差し伸べてくれた人たちのために、できることはなんでもしたいんです！」

だから義務としてじゃなくて、私のそばにいてくれた人たちへの恩返しとして、みんなで笑っていられる日常を守るために戦いたい！

私が絶対に引かないのを感じ取ったのか、ヴィンス様は一緒に行くことに了承してくれた。

幸い邪竜の飛行速度はかなり遅いらしく、王都でやることが終わり次第すぐに出発だと言ってヴィンス様は帰っていった。

ここからが重要な局面。私ももうひと眠りして万全な状態でいないと……！

第十二章　対決のとき

ついにクレイス領へ向かう日になった。

転移陣を使って移動するらしい。普段は国賓とかのために使う転移陣は王家で管理していて、実際に利用するのは初めてだ。なんだか緊張するな。転移陣を使っても一時間ほどはかかるみたい。

あれからミリアに持っていってもらった研究結果を元に、王宮魔法師団《おうきゅうまほうしだん》は早急に動き出してくれて、徐々に回復薬の生産ラインが整いつつあるという。

これで魔力が枯渇しないし、治癒魔法も何度もかけられるから、邪竜教と戦いになっても死者は減るはず。とりあえず間に合って本当によかった。

結局、破壊魔法の練習はほとんどできなかった。だからぶっつけ本番になる。だけど私がやらないと……

エルリオ様は、『破壊は守りであり、救いだ』と言っていた。私がこの魔法を持っていた理由は邪竜を倒す……いや、解放するため。失敗したら、大事なもので溢れるこの国は、カシェラ王国のように国ごと犠牲になるしかない。だから絶対に成功させてみせる！


「着いたな」

ここが邪竜を迎え撃つ場所。一番近い民家とも距離があって視界を遮るものがない分、二次被害が少ない。木とか、飛んできたら危ないからね。

「た、大変です。ヴィンスレット様！」

周りを見回していると、キャンプ地のほうから騎士が走ってきた。何かあったのかな？

「どうした？」

「到着される少し前、高い魔力を検知し、その原因究明にあたっていたのですが……奴ら、邪竜教がここから数百メートルの地点に転移してきました！　遠視スキル持ちによると、それらしき軍団を発見。邪竜の姿こそ見えないものの、軍団の人間はおよそ五百人ほどとのことです！」

「転移だと⁉　それにたった五百人？」

「少ないですね。罠か……あるいは実力に自信があるか、どちらかでしょうね」

「戦闘準備を急げ！　邪竜が到着する前に片づけたいところだが……ノエル、君は援護に当たってくれ。君の目的は邪竜だろう？　無闇に魔力を使わずに温存しておけ」

「わかりました。とりあえず後方からサポート魔法をかけますね」

「頼んだ」

転移は莫大な魔力を必要とする魔法。普通の人間が発動させれば、命に関わる量の魔力を消費する。そもそも何十人もの人間が魔力を限界まで注いで、初めてできるようなものなのだ。

戦いの前にそんな大きな魔法は使わないと思ってたけど、おそらく転移魔法を発動した人間は死んでるだろう。何人で魔法を発動したかわからないけど。

ここまでするってことは、あいつらはきっとこの戦いにすべてを懸けている。

「見えました！　邪竜教です！」

「迎撃を開始しろ！」

そして、戦いの火蓋が切って落とされた。

――これがあとに『邪竜大戦』と呼ばれることになる戦いの始まりだった。

剣と剣がぶつかり合い、魔法が飛び交う。圧倒的にこちらの人員のほうが多い。しかし五百人の邪竜教の信者相手に、優位に立てないでいた。

「ヴィンス様！　私も前線に出ます！」

「ダメだ！　君は軍人ではないだろう！」

「でも！」

睨み合う私とヴィンス様。たしかに私は軍人じゃないけど……！

そのとき騎士がやってきて、口を開く。

「報告します！　邪竜の存在を確認！　攻撃射程圏内の入ったかと思われます！」

「ヴィンス様！」

邪竜教の勢いは格段に上がっていて、邪竜も目視できる範囲内まで近づいてきている。

急がなきゃ！

「はぁ、わかった。行ってこい。ただし……絶対に、生きて帰ってこい」

私が折れないことを悟ったのか、ヴィンス様はため息をついてぎこちなく笑って頭をなでてくれた。本当は行かせたくないという気持ちがひしひしと伝わる。心配してくれているのはすごくうれしい。それでも。

「はい！」

後方の天幕を出て急いで戦場へ向かう。戦況はあまり変わっていないようだったけれど、それも時間の問題だろう。

邪竜が戦場のど真ん中に到達するまでに倒さないと、たくさんの兵が死ぬことになってしまう！

「あなたが、聖女様の言っていた方ですか？」

「誰!?」

背後に男がひとり立っていた。まるで気配を感じなかった……！

「お初にお目にかかります。教団で神官を務めております、エリックと申します。以後、お見知り置きを」

「なんの用？　急いでるの。どいて」

「それはできかねます。聖女リリア様が命と引き換えに邪竜を復活させた対価として、あなたを消さなければなりませんので。あなたにはここで死んでもらいます」

「リリアの命と引き換えに……？　リリアは死んだの？」

「ええ、邪竜が復活すればあんなバカな女、邪魔なだけでしょう？　あのバカな女が聖女だと思うと、神などいないことがよくわかる。神がいるのであれば、あんな頭の足りない自己中心的な人間が聖なる魔力を持つはずがない」

エリックは歪んだ笑みを浮かべながらそう言った。

「しかし、扱いやすい人間でよかった。頭がいいと、言うことを聞かせるのも一苦労だ。私のこの顔に惚れこんで、言うことを素直に聞く尻軽女で助かった。しかしあの女、自分が堕落して聖女から魔女へ変質していることに気づかなかった……普段からどれだけ自堕落だったかよくわかる」

そして小馬鹿にしたように鼻で笑い飛ばした。

こいつの言うことが本当なら、リリアは聖女の素質があったってこと？

「多少なりとも役に立った女はお前の死を望んだ。だから叶えてやろうと思ったが……お前のその魔力に見た目。ずっと感じていた違和感の正体がやっとわかった！　お前、我々が永遠の命を得るために捕獲しようとした不死鳥を奪った女か！　なぜ忘れていた……!?　我々の大いなる野望の邪魔をしたとなれば、お前は敵だ。必ず殺さねば！」

顔を歪めたエリックはそう叫ぶ。

「リリアはどうなったの……」

リリアには散々迷惑をかけられた。

それでも同じ転生者。唯一、この世界で前世の話ができるかもしれない人間だった。

「死体がどうなったかなど知らんな。お前は捨てたゴミの行方を気にするのか？」

その言葉に、私は目の前が真っ赤になった。

「人の命をなんだと思ってる！」

愛剣を抜いて臨戦態勢に入る。

「邪竜の復活。ノルシュタイン王国の滅亡。そして、この国に眠っていると言われる秘宝で我々は永遠の命を手に入れる！　もうすぐ我々の悲願が達成すると思うと……震えが止まらない！」

「そんなことさせるわけないでしょう！」

お互い剣を使っての戦い。刃がぶつかり、ギィンと激しく音を立てる。

この男強い！

「はあ！」

破壊魔法のためにできるだけ魔力を温存しておきたいから、魔法は使えない。急がないといけないのに……！

「我々がなぜここまで応戦できているか不思議か？　我々は邪竜の肉片を体内に取り入れることで高い身体能力と魔力を手に入れているのです。凡人とは違う……！」

「クッ！」

剣が、重い……！　このままじゃ力で押し負け、弾き飛ばされる。

「グッ……」

「ノエル！」

絶体絶命の大ピンチのタイミングで、突然名前を呼ばれた。

この声は！

「ルイさん！」

「ヴィンスレット様から話は聞いた。下がってろ。ここは俺が引き受ける」

ルイさんは不敵な笑みを浮かべ、エリックを見ながらそう言った。その姿はこれまで以上にたくましいものだった。

「ルイさん……気をつけて！　そいつ、ありえないパワーを持ってる！」

邪竜を取りこんだエリックは相当強い。でも、私はルイさんが絶対勝つって信じている。

ふたりは激しくぶつかり合う。

すごい……パワーもそうだけど、圧倒的なスピードと技術で、埋まらないエリックとの力の差を補っている。これが、ノルシュタイン王国騎士団団長の本気……

「クソッ…クソッ！　なぜ私が押し負けている。邪竜の力を取りこんだこの私が！　ただの人間ごときに！　お前などすぐ殺せるはずなのに……！」

「終わりだ！」

ルイさんの剣がその胸を貫き、エリックは大量の血を吐きながら地に倒れた。

「な……ぜ。邪竜……の、ちか…らが……負けるのだ……」

「そんなものに頼ったやつに、俺が負けるわけがないだろう」

動かなくなったエリックを冷たい目で見下しながらそう言うと、剣についた血をはらい、私のほうへ向かってきた。

「大丈夫か？」

「うん、ルイさんすっごく強かった」

すごい。本当に強くてかっこよかった。ルイさんが団長に選ばれた理由もわかった気がする。こ

——コロシテ……イタイヨー

——ニクイ……ニクイ！　コロシテヤル！

私の頭に響く憎悪の声に胸が締めつけられる。この声はきっと……

「苦しいね……痛いね。大丈夫だよ。もう少し、絶対に助けるから……！」

近づこうにも、風圧が強すぎてグレンにしがみついていないと飛ばされてしまう。近づけないなら、無理やり打ち落とすしかない。念のためここに来るまでの間に消費した魔力を回復させるべく、MP回復薬を飲んでおく。

「『氷塊！』」

巨大な氷塊を邪竜の上に出現させて、そのまま落とす。

ギャウッ‼

邪竜はぐらりと体勢を崩す。だが、そこまでダメージがないのか、持ち直して高度が下がらない。

「ダメか。なら！　『雷《いかずち》よ！』」

雷を打つと、今度は大きく体勢を崩して落ちてきた。

「この距離ならギリギリ……！」

いくら薬で回復してあると言っても、対象の大きさと私の魔力量からしてチャンスは一回きり。

私ならできる。魔法はイメージ。

大切な人たちを救いたい。人間に苦しめられた果てに生まれてしまった、この悲しい生き物を苦しみから解放してあげたい。

の人が来れば大丈夫だって気持ちにさせてくれる。

「これでも団長だからな。さあ、お前はやることがあるんだろう？　ここは俺に任せて行ってこい」

「ありがとう、行ってきます！」

ほかの信者のもとへ向かうルイさんに背を向け、私は召喚したグレンに乗って邪竜のもとへ急いだ。

「あれが、邪竜……」

ドロドロしていて、かろうじて竜の姿をとっているように見える。飛びながら、崩れ落ちたヘドロのような肉塊が地上の植物を腐らせていた。

「ひどい臭い……」

腐敗臭が鼻をつく。

「かなり上を飛んでるな。安定して破壊魔法を放つには、なるべく地面の近くまで引き寄せたいけど……」

さすがに近づきすぎるのはまずい。

ギャアアアアアアアア。

「悲鳴？　うっ⁉」

――イタイ……イタイイタイイタイ！

――クルシイ……タスケテー

だから、この魔法は絶対に成功させるんだ！

「『永遠の苦しみから解放を。その身を縛る呪縛を破壊せよ！』」

巨大な魔法陣が邪竜の頭上に出現し、眩い光があたり一面を照らした。

それと同時に私の意識は黒く塗り潰された。


「ここは……？」

さっきまでいた場所ではなく、周りは真っ白だった。まるで……私が北村優子として死んだとき、女神様と出会った場所みたい。

「ノエル」

声のしたほうを見ると、エルリオ様が立っていた。あいかわらず、その顔はよく見えない。

「エルリオ様！」

教会じゃないのに、神様がいるってことは、また死んじゃったのかな……？

「ここは……神域みたいな場所ですか？」

「ああ。過剰魔力放出のせいで魔力不足、意識不明状態。加えて負荷に耐えきれずに魂が消滅しかけていたところを慌てて保護した。体のほうも保護してあるから安心してくれ」

「え、そんな危ない状況だったんですか!?　ありがとうございます」

「礼を言うのはこちらだ。邪竜を解放してくれたこと、本当にありがとう。あのまま邪竜が野放しになっていたら、あの世界は闇に飲まれていただろう」

「邪竜として縛りつけられていた人間や生き物たちの魂はどうなったんですか？　すごく苦しんでた……」

「ノエルの魔法のおかげで呪縛から解放された。ただ、魂の消耗が激しく、今は亜空間で休ませている。何年かかるかわからないが、回復したら新しい命として再生するつもりだ」

「ちゃんと解放できたんですね……よかったぁ」

ずっと張り詰めていた気が緩んだ気がした。一発勝負だった。失敗する可能性だって十分あった。本当に救えてよかったぁ……。

「あと、リリアの魂は元の世界に戻した」

「元の世界に？」

「ああ、彼女の魂は世界と世界の間にできた小さな隙間から迷いこんだものだったからな。すべてはあるべき場所に戻ったというわけだ」

元の世界に戻っていったんだ……。

でも、きっと彼女にはそのほうがよかったんじゃないのかな？　ゲームに似ているだけで違うこの世界は、ゲームではないという現実をずっと受け入れられなかった彼女にとっては生きにくかったはず。ならいっそ、彼女が現実として認知できる元の世界に戻ったほうがよかった。

「そうなんですね……私が死んだら、私の魂はどうなるんですか？」

「ふむ、お前がこの世界で誰かと契って子を成せば、お前の魂はこの世で生まれ変わる。だが、そうでなければ新たな命として地球で生まれるだろう」

「契る⁉」

「好いた男がいるんだろう？　お前がこの世界で生まれ変わる確率のほうが高いだろうな」

契るって、そういうことをするってことだよね⁉　でもそうだよね、結婚したらそういうことをするだろうし……私たちの子ども……

未来を妄想してニヨニヨするが、ふと現実世界がどうなっているのか気になった。

意識がここにあるってことは現実世界では眠ってるってことだよね？

「私ってどうやったら目覚められるんですか？」

「なんだ、もう行くのか？」

「はい。なんとなく、みんな待ってくれていると思うんです」

ゆっくりしていたい気もするけど、もう行かなきゃいけない。だって私、絶対帰るって約束したから。

「そうか。あそこに扉が見えるだろう。あの扉を通れば目覚めることができる」

エルリオ様は遠くに見える光り輝く扉を指差して言った。

「わかりました。エルリオ様、本当にありがとうございました！」

「ん。何度も言うが、礼を言うのはこちらのほうだ、ノエル。それにお前が無事でよかった」

「また教会に会いにいきますね！」

そう言って手を振ると、エルリオ様も手を振り返してくれた。

そして私は駆け出し、勢いよく扉を開けた。

◆　◆　◆

初めて心から愛した人を戦場に送りこんで、俺はまだ安全な場所に留まっている。歯痒い思いに苛まれるが、指揮を執る人間がいなければこの戦線は崩壊する。

本来、俺は戦場に来ることは許されなかった。それもそうだろう。次期クレイス公爵家の当主という立場なのだ。父上にもちろん反対された。

しかし、もし、もしもノエルが破れた場合、どうにかできる可能性があるのは、国で唯一聖獣と契約する俺だけだった。それを言うと、父上も渋々俺が戦場へ出向くことを許可した。

「ヴィンスレット様、報告します！　邪竜はなぜか攻撃を放ちません。邪竜が通った跡は厄災に見舞われるとのことでしたが、形を保ち、飛行を続けるのが精一杯のようです！」

「何？　邪竜は不完全ということか？」

「おそらく。肉片のようなものが体から落ちるのも確認しました。しかし、邪竜教はいまだ勢いが衰えません。あの異常な力にいつ押し負けてもおかしくない状況です」

「全軍に通達を。あと少し持たせてくれ。そのために回復薬や魔道具の使用制限はなしとする！　怪我人はすぐに医療テントまで運べ。勝つぞ！」

「はっ！」

現状を好転させる手立ては正直なところない。邪竜の復活がこんなにも早いとは思わなかった。

いや、これは言い訳だな……

ノエルを信じよう。今はそれしかない。あと、俺にできることといえば……

「セロ『銀狼の咆哮』」

――ワオーーン。

セロのユニーク魔法『銀狼の咆哮』。これはセロとの相性にもよるが、味方の能力値を上昇させるサポート魔法だ。これで戦線を維持できるといいんだが……

「報告です！　現在地より北東にて、ノエル嬢は邪竜のもとに向かったようです。そしてたった今入った報告では、ノエル嬢が接敵後、なんらかの魔法によって邪竜が消滅しました！」

「邪竜が消滅!?　それは本当か？」

「はい！」

それは待ち望んだ報告だった。

そうか、やったんだな、ノエル。

安堵した反面、ノエルの無事が気になる。無事だといいが……

できることなら今すぐノエルのもとへ行きたい。だが、それは今やるべきことではないとわかっている。ノエルがノエルにしかできないことをやり遂げたように、俺も俺にできることを今はやろう。

「たしかお前は拡声魔法を持っていたな？　今この戦場にいる全員に、邪竜が消滅したことを伝えてくれるか？」

「……少し無理をすることになりますが、やります！」

「ありがとう」

『邪竜消滅を確認！　繰り返す。邪竜消滅を確認した！』

ここから戦場まで距離があると言うのに、大歓声が聞こえてきた。

「次は俺たちの番だ。続けて伝えてくれ」

「はい！」

「『これより、掃討作戦を開始する！』」

邪竜という得体の知れない物への恐怖がなくなり、均衡状態だった戦場は、こちら側に有利に変化していった。

そして邪竜教との戦いは、我々ノルシュタイン王国の勝利に終わったのだった。

不思議なことに、邪竜消滅と同じタイミングで信者の能力が急激に低下し、後方にいた教皇は灰のようになって消えたらしい。推測の域を出ないが、おそらく邪竜の肉片を取りこんだことによって保っていた体が崩壊したのだろう。

邪竜教の幹部を捕らえたあとは、どんな力を秘めているかわからないため、その場で斬首にした。

だが、すべてがうまく行ったわけではない。

「ノエル……邪竜教の影響が出た地区の復興が終わった。リリアの死体を発見し、火葬にした。君が作り出したＭＰ回復薬は、あの戦いで大活躍だったぞ。あれのおかげで魔力不足が原因となる死亡者数が大きく減少した。そして王宮《おうきゅう》魔《ま》法《ほう》師《し》団《だん》が主導して今では全国的に普及した。ＭＰ不足で亡くなる冒険者が大幅に減り、ラフィーリラの価値も見直された。今ではラフィーリラが咲き誇る温室が王宮にある。きれいだったから、今度一緒に行こう」

ノエルが眠りについて二度、季節が巡った。

もうすぐリーンハルトはリーゼロッテ嬢と結婚し、そのあとすぐに王として即位する。ハーライトの件もあり、リーンハルトはこの二年間で国政に関するすべてを引き継ぎ、もうすでに王の業務をこなして国を導いている。

俺は彼の側近として働いているが、もうあと数年すれば、父上から爵位を引き継ぐために領地に戻る予定だ。

ミリア嬢はノエルに参加してほしいからと、結婚式はまだ行わないらしい。

早く目を覚ましてほしい。君がいないと、寂しいんだ。

◆

◆

◆

ヴィンス様の声が聞こえた気がする。

うっすらと目を開けると、こちらを覗きこむヴィンス様と目が合った。

「ヴィンスさま……？」

「つ……ノエル？　目が覚めたのか！」

ぼやけている視界。何度か瞬きすると、やっと焦点が合い、ヴィンス様がベッドに腰かけているのが見えた。

「よかった……本当によかった……」

震えた声だった。泣いているように見えて、思わずだるい体を動かして頬に手を伸ばした。

「ヴィンス様……大丈夫です。私、寝すぎちゃいました？」

ヴィンス様は少し笑ってうなずいた。

どうやら私は大寝坊をしてしまったらしい。

「体は大丈夫か？」

「ちょっとだけだるいような。でもすぐ元気になりますよ」

頬をなでると、ヴィンス様に手を取られた。

「そうか……なあ、ノエル」

「どうかしましたか？」

「結婚しよう。愛してるんだ。君が目を覚まさなくて、俺の心はどんどん冷えていった。思えば君の存在が俺の心を温かくしてくれていたんだろうな。改めて、君が大事で、君がいないとダメだと思ったんだ」

せつない声で告げられた言葉は、ヴィンス様が泣いているように感じた。

泣かないでほしくて、だるい体に鞭打ってヴィンス様の顔に手を伸ばすと、触れやすいように屈んでくれる。そして、私はその目元をいつかヴィンス様がやってくれたようになでた。

「私なんかでいいんですか？」

「ノエルがいいんだ。頑張り屋で、誰かのために本気になれる君だから。それに……ああ、いや。これは俺が言うべき話ではないな。本当はもっとちゃんとプロポーズしようと思ったんだが、なぜだか、今しかないと思ってな。またちゃんとプロポーズするから……」

やっぱり好きだなぁと思う。この人とならどんな苦しいことも乗り越えていけるはず。

プロポーズ。初めてされたな。ドキドキして、すごくうれしくなる。

「ふふっ、やり直さなくていいですよ。これもまたひとつの思い出です。自分でもじゃじゃ馬だと思うし、研究に没頭すると寝食忘れがちになっちゃう私でよければ、家族になってくれますか？」

「もちろん」

どちらからともなく口づけを交わした。

初めての口づけはいつまでも忘れない、甘い甘い味がした。


「本当に心配したんだから！」

「うう……目が覚めてよかったです……」

目を潤ませたリーゼと半泣きのミリアに、私はもうあわあわすることしかできなかった。まさか二年間も昏睡状態に陥っていたとは思わなかった。

「心配かけてごめんね」

「無事でよかったわ。ヴィンスレット様からノエルを倒れた状態で発見したと報告があったときはひどく動揺してしまって……ダメね、次期王妃たるもの、何があっても冷静でいなければいけないのに」

「でもリーゼのおかげで混乱が早く落ち着いたって聞いたよ。地方に支援を呼びかけたって、ヴィンス様が言ってた」

私がそう言うと、リーゼは緩く頭を振った。

「……実は、今回の復旧支援を迅速に行えたのは、元第二王子のハーライト様の協力があったからなの」

「え、あの人の⁉」

「ええ。彼、改心したのでしょうね。隔離先として送られたあの地で、人々の熱い信頼を得ていたの、信仰の深い神官様って。真剣に民の話に耳を傾けていたそうよ。だからこそでしょうね、彼の助けを求める声に多くの人々が力を貸してくれたのよ。王国の東部はここ数年、かなりの豊作だったから、被害が出た地域の民が飢えることなく生活できたの」

「きっと、根は悪い人じゃなかったんだろうね」

私のその言葉に、ふたりは悲しそうに微笑んだ。

彼もまた、大人の汚い策謀に巻きこまれた被害者なのだ。第二王子様は玉座すら見えない、ハルト様ともっと年の離れた兄弟として産まれていたら、そもそも王族でなければ……と考えてやめる。たらればの話をしていたらキリがない。それでも、心を入れ換えた彼のこれからの人生に幸あれ、と願わずにはいられなかった。

「そうだわ！」

リーゼがパンッと手を叩き、しんみりしていた空気を変えた。

「ノエルが目を覚ましたから、宙ぶらりんになっていたあなたへの褒賞の話が進むわ。何かほしいものはある？」

「ほしいもの？」

「なんでもいいのよ」

なんでもいいのか。なんでもいいって言うんなら、やっぱり私がほしいのはひとつだけ。

「ヴィンス様と結婚したい。目が覚めたとき、ヴィンス様にプロポーズされて……」

「聞いてないです！　そんな素敵な話、なんでもっと早く教えてくれなかったんですか！　ああ、なんてロマンチックなんでしょう……」

ポーッと顔を上気させてニマニマしているミリア。なんでもっと早く教えてくれなかったのって、そりゃあ私が目覚めてから今日初めて会ったからじゃん……

「もうそこは意志が通じ合っているのね。じゃあこの話はハルト様に通しておくわ。却下されることはないわ。長居してしまったわね、ゆっくり休んで」

「また来ますね！」

そう言うとふたりは出ていった。

却下されないと言ってくれたけど、やっぱり心配になっちゃう。体の調子もまだ完全には戻ってないから、メンタルも引っ張られちゃってるのかな？

エピローグ

「おめでとう！」

「おめでとうございます！」

　ゴーンゴーンと鐘の音が鳴り響く。

　今日は私とヴィンス様の結婚式だ。バタバタしていてプロポーズから二年経ってしまったけど、なんとか今日この日を迎えられた。

　学園は私が寝ている間に卒業を迎えてしまった。だけど学園側が研究結果を単位として換算し、卒業扱いにしてくれた。それに、ユリウス先生がミニ卒業式を開いて、卒業証書も授与してくれたんだ。卒業式がなくて寂しかったし、その実感が湧かないと思っていたからうれしかった。

　公爵夫人として身につけなければいけないマナーは、リーゼとミリア、そしてクレイス公爵夫人に教えてもらっている。生まれながらの貴族ではない私は覚えることがいっぱいあった。

　また、研究の功績から王宮《おうきゅう》魔法《まほう》師団《しだん》で働くことが決まった。忙しい中で私との時間を作ってくれるヴィンス様のおかげで、なんとか乗り越えられた。

　そうそう、ヴィンス様はすぐに爵位を継ぐのではなく、王宮でハルト様の側近として働いている。もともとハルト様に誘われて、視野と人脈を広げるために仕事を受けることにしたそうだ。

リーゼとハルト様の結婚式には、退院できなくて結局出席できなかった。けれど、式後のパレードは病院の窓から少し見られたからよかった。第二王子の一件で婚約破棄になったルリアーナは伯爵家の幼馴染と婚約し、仲睦まじく過ごしていると聞いた。結婚式に来てほしいと言われたので、喜んで行くつもりだ。

ミリアは半年前に結婚式を挙げた。幸せそうで、こっちまでうれしくなる式だった。

彼女は服飾への興味から、貴族でありながらブティックのオーナー兼デザイナーとして頑張っている。もともと懇意にしていたブティックのデザイナーに弟子入りし、自分のウェディングドレスは自らデザインしたと言っていた。

たしかに創立記念パーティーのときも詳しかったな、と思い出す。旦那さんもミリアが楽しいならそれでいいというスタンスで、応援している。

私のウェディングドレスもミリアがデザインしてくれた。

前世では着ることの叶わなかったドレス。

庶民感覚すぎて、公爵夫人になるのに、とミリアにダメ出しされながら一緒に考えたこのドレスは私の一生の宝物だ。大ぶりな宝石に緊張してしまう私のために、ドレスのスカート部分に小粒のダイヤを散りばめ、太陽の光が反射してキラキラと輝いている。

バージンロードはルイさんが一緒に歩いてくれた。

幼いころからずっと気にかけてくれたルイさん。隣を歩いてくれないかと頼んだとき、彼の目が潤んでいたのは見逃さなかったけど、言わなかった。親代わりだと思っていたからこそ、幸せになれと言ってくれて本当にうれしかった。

「病めるときも、健やかなるときも、お互いを支え合い、愛し抜くことを誓いますか？」

「はい、誓います」

「はい、誓います」

「では、誓いのキスを」

ヴィンス様がベールをあげ、私はそっと目を閉じる。

優しいキスをした。

唇が離れ、目を開けると、突然教会の天井からカラフルな花びらが舞い散った。私たちの結婚を祝福してくれているようだ。

「神の祝福か？」

「はい、きっと」

無から花を生み出せる心当たりはひとつしかない。

「ふふっ、ありがとうございます、エルリオ様……」

「おお、神がこの新しい夫婦を祝福なさっています！　おふたりに幸あらんことを願っております」

「ありがとうございます」

ああ、始まりは不幸な人生だったかもしれない。

だけど、こんなにも愛しいと思える人に出会えて、友人に囲まれた私は……幸せだ。

番外編　再びクレイス領へ

――ノエルが目を覚ましてから、とある日のお話。

無事に私とヴィンス様の結婚が承認され、来年式を挙げることになった。

婚約期間中に公爵家のしきたりや公爵夫人になるためのマナー、社交術などを現公爵夫人から学ぶ。ヴィンス様のご両親は今領地にいるため、私たちは再びクレイス公爵領へ向かっているところだった。

前にクレイス領に来たときは、邪竜の一件でバタバタしていて楽しいこととかは一切なかったから、今回はかなり楽しみだった。クレイス領は邪竜襲来で被害を受けたけれど、今ではほとんど元通りになっているそうだ。

ただ、残念ながら長居はできない。ヴィンス様はハルト様の側近のひとりとして忙しいし、私も退院したあと王宮魔法師団《おうきゅうまほうしだん》で研究員として働いているから。

だから今回の訪問は、クレイス領を知ることと大事なしきたりを学ぶことが大きな目的だ。マナー云々を教える人はほかにもいるから、王都でも学べる。

今回はのんびりヴィンス様と一緒に馬車移動だ。途中で休憩をとりながら、三日ほどかけてクレイス領に到着した。

「前回はクレイス領といってもかなり端のほうでしたよね」

「そうだな。街に被害を出さないために、できるだけ手前で食い止める必要があったからな。今回は一緒に街に行こう。王都ほどではないが、賑わっていてなかなか楽しいぞ」

うれしそうに語るヴィンス様から、本当にクレイス領のことが好きなんだなと伝わってくる。ヴィンス様が好きな場所はきっと私も好きになれる。早く街に行ってみたいな！

ようやく馬車が止まり、クレイス公爵家の本邸に着いたようだった。たくさんの使用人の出迎えを受け、ヴィンス様にエスコートされて建物内に入るとご両親が出てきてくださった。

「久しぶりね！　ノエルちゃん。遠いところ来てくれてありがとう」

「道中問題はなかったか？」

初めて会った二年前と変わらないおふたりがそこにいた。あいかわらず美男美女のご夫婦だ。

「はい。お久しぶりです、お義父様、お義母様」

お義母様がぎゅっと私を抱きしめて再会を喜んでいた。フローラルなすごくいい香りがする。

「今日は疲れただろうし、ゆっくり休みなさい。あなたの部屋は用意してあるの。ナンシー！　ノエルちゃん、滞在期間はこの子をあなたの専属侍女としてつけるわ」

お義母様は赤毛をおさげにした少女をそばに呼んだ。そばかすがチャームポイントの愛嬌のある可愛い子だった。

「ノエルです。よろしくお願いします」

軽く頭を下げる。公爵家で侍女として雇われているってことは、彼女はおそらく貴族籍。私自身の身分は低いけど、今はヴィンス様の婚約者という立場でここにいるから、いつものようにしっかり頭を下げてはいけないと、ここに来る前にリーゼに教わっていた。

下手なことをするとヴィンス様に恥をかかせることになっちゃうから、しっかりしなきゃ！

「ナンシーと申します。お部屋にご案内しますね」

ヴィンス様はお義父様と話があるということで一旦別れ、私はナンシーさんの案内で滞在する部屋に向かった。

「こちらがノエル様のお部屋です。あちらの奥の扉はお風呂に繋がっています。何か御用があるときは、こちらのベルを鳴らしてください。夕食の時間になりましたらまた参りますので、それまでごゆっくりお過ごしください」

広いお部屋に大の字で眠れそうなくらい大きなベッド。絶対ふかふかなソファに、意匠を凝らしたクローゼット。なんか、いろいろでかい。きっとお風呂も大きいんだろうな。

今、住んでる王宮魔法師団《おうきゅうまほうしだん》の寮や騎士団の私の部屋はもっと小さい。いろいろ高級なのが、さすが公爵家って感じだ。

「それでは、失礼します」

ナンシーさんはそう言って部屋から出ていった。

ひとりになった私は、とりあえず使用人が運んできてくれた荷物を解く。といっても服が数着と化粧品くらいしかないけど。

本当はもっと持ってこようかと思ってたけど、ドレスは創立記念パーティーで着たものしか持ってないから、公爵家のほうで用意してくれるらしいし、必要になったらこっちで買えばいいとヴィンス様が言ってくれたので、そうすることにした。

到着したのが昼過ぎだったので、夕食まではまだまだ時間がある。長時間の馬車移動で体がバキバキだし、少し休もうかな。お風呂に入ってないのにベッドに横になるのは嫌だから、ソファに横になると、やっぱりびっくりするぐらいフッカフカだった。

思っていたよりも体は疲れていたようで、すぐに寝てしまった。

コンコンというドアをノックする音で目が覚める。

「ふぁい」

思ったよりぐっすり寝入ってしまったみたいだ。

はいって言おうとしたら、あくびが出てしまい、あくび混じりの返事になってしまった。

「失礼します。もうすぐ、夕食の時間になりますので呼びに参りました。お支度のお手伝いをさせていただきますね」

「ありがとうございます」

入ってきたのはナンシーさんだった。

本当はひとりで着替えられるようになりたいけど、ドレスって着るのが難しい。ひとりで着られるように作られてないよ、これ。

用意してもらったドレスの中で、あまり締めつけを必要としないシンプルなものを選ぶ。メイクは寝ているときによれてしまったところを直して、唇に色を乗せるだけにとどめた。

ナンシーさんに案内され、ダイニングルームへ向かうと、まだヴィンス様だけしかいなかった。

「あ、ヴィンス様！」

ヴィンス様もきれいな服に着替えていた。とっても似合っていてかっこいい。

「ゆっくりできたか？」

「はい。しっかり寝入っちゃったみたいで……でもそのおかげで体力回復できたので、バッチリです！」

「それはよかった」

ヴィンス様はそう言うと、整えた髪を崩さないように頭をなでてくれる。

慣れない場所へ、慣れない方法で行くのは、自分が思っているよりも疲れが溜まっていたようで、ヴィンス様の気遣いがうれしかった。口下手に見えて、ちゃんと言葉にしてくれるところも好きだなぁと思う。

そのあと少し雑談していると、お義父様とお義母様が入ってきた。お義父様の号令で、和やかな雰囲気で食事がスタートした。

私は初めてのフルコースの食事にドギマギする。でもリーゼがみっちりと教えてくれていたおかげで、なんとか恥をかかずにこの食事会を乗り越えられそうだ。

「食事のマナーは文句のつけどころがないわね」

食事が一段落したころ、満足そうなお義母様にそう言われた。

「リーゼに……リーゼロッテ様に以前教えていただいたんです」

「そう、王妃様に。そういえば、王妃様とは友人なのよね」

「はい。幼いころからの友人です。学園でもいつも一緒にいました。最近は王妃になったこともあって忙しくてなかなか会えていませんが……」

「そのつながりは大事になさい。王妃様との友人関係は、あなたには強いうしろ盾があるということと同義。社交界であなたをきっと守る盾となるでしょう」

優しいだけじゃいられない社交界を知っているからこその言葉だろう。

まあでも、うしろ盾とか政治的な話はなしにしても、リーゼは私の大切な親友。それに、この世界に来てからできた最初の友達だ。私もずっと仲がいいままでいたいからこの縁は大事にし続ける。

「はい！」

無事食事会も終わり、予想通り広かったお風呂で旅の疲れを癒してさっさと寝た。

明日からはお義母様のもとでいろいろ学ぶ……！


次の日、朝食を食べ終え、早速授業。ヴィンス様はお義父様のもとで次期領主としての仕事があるらしい。

今日はまず公爵家の歴史からだ。この公爵家の成り立ち、先祖から前公爵についての話まで。前公爵の話っているのかな？　って思っていると、顔に出てしまったのだろう。お義母様はちゃんと説明してくれた。

なんでもギリ同年代、もしくは昔お世話になったという人がまだ社交界にいるかららしい。そういうときに「誰それ？」となるのは御法度だと教えてくれた。

「よし、これで一通り公爵家の歴史は教えたわ。ゆっくりでいいから、ちゃんと覚えていくのよ。まだ私たちも元気とはいえ、いつ何があるかわからないから」

「そ、そんなこと言わないでください！　いつまでも元気でいてくださいね」

「あら、ありがとう。やっぱり女の子っていいわね。そうだ、授業ばかりで疲れたでしょう？　少しお茶にしましょう。お茶会のテーブルマナーも見てあげるわ」

「ぜひ！　お願いします」

お義母様に連れられて、きれいに整った中庭にやってきた。リーゼとミリアに教わったマナーを思い出しながら、お義母様とのお茶会が始まる。

「うん、問題なさそうね。素晴らしいわ、ノエルちゃん。あなたみたいな可愛くて優秀な子がお嫁さんに来てくれてうれしいわ！」

よかった。合格点をもらえたようだ。

「ここからはマナー云々は端にして、普通にお茶を楽しみましょう。ノエルちゃんも楽にしていいわ」

「いいんですか？　じゃあ、お言葉に甘えます」

ちょっとぎこちなかったのがバレたかな？　早く慣れなきゃいけないんだけど、やっぱり幼少期からそういう教育を受けてきた令嬢と比べると、どうしても付け焼き刃な感じが否めない。

「私、ずっと聞いてみたいことがあったの」

「聞いてみたいこと、ですか？　私にわかることなら……」

「ノエルちゃん、お肌がとってもきれいよね。もちろん若いからというのもあると思うけれど、何か特別なものを使っているのかしら？　お化粧品もよ。特にその口紅。色がとてもきれいだし、艶々だわ」

「化粧品も口紅も私が作ったものです。以前は市販のものを使っていましたが、どうにも肌に合わなかったようで、使用しているうちに肌が荒れてきてしまって」

そう、どうやらノエルの肌は弱く、どうしても肌荒れが気になってしまい、いつしか自分で作るようになっていた。これればかりは、オーガニックにハマって基礎化粧品を自作していた前世の自分に感謝だ。

「自作なの!?　まあ、すてきだわ！」

「私の肌に合うように配合してあるので、お義母様に合うかどうかはわかりませんが、あとでレシピを書いてお渡ししましょうか？　作り方はそこまで難しくないので、口紅の作り方も一緒に。口紅は自分の好みの色を作るのも楽しいですよ」

公爵夫人がそういうことをやるかどうかはわからないけど、一応提案してみる。

すると、お義母様の目がキラキラし出した。

「素晴らしいわ！　ええ、ぜひいただきたいわ。自分で色を作れるなんて楽しそうね！　あ、でも……いいのかしら？　そのレシピってとても価値が高いものでしょう？」

「大丈夫です。自分が使う分しか作る予定はありませんし、何よりお義母様が喜んでくださるなら！」

そう言うと、お義母様はまるで少女のように笑った。

「ありがとう、ノエルちゃん！」

喜んでもらえてよかった。お義母様の笑顔に私もうれしくなる。

「私、もうひとつ聞きたいことがあったの。ヴィンスとの話が聞きたいのよ」

「ヴィ、ヴィンス様との話ですか？」

「ええ、そうよ。我が息子ながら、かなり女嫌いに育ってしまって。だけど、そんな息子が女性を紹介してきたから、ふたりのことが気になっちゃって！　本当はパーティーのときに聞きたかったのよ」

お義母様は恋する乙女のようだった。

話してもいいんだけど、なんだか恥ずかしい……

「な、何をお話ししましょう……」

セロの件は、クレイス家が代々契約している聖獣とだけあって、さすがに知っているだろうからなし。髪飾りの件もなんか違うっていうか……

話す内容があるとすれば、豊穣祭かなぁ？

「なんでもいいのよ？　ヴィンスとの距離が深まった出来事とか」

「お話しできるようなことがあったのは、豊穣祭ですね」

「あら、豊穣祭に一緒に行ったの？　懐かしいわね、私も学生時代、当時婚約者だった旦那様と一緒に行ったのよ。どちらから誘ったの？」

「ヴィンス様から誘ってくださいました」

「まあ、ふふ、あの子よっぽどあなたのことが気に入ってたのね」

それから私は豊穣祭でのことをかいつまんで話した。

それをお義母様は終始うれしそうに聞いてくれる。

「あの子とのこと、聞かせてくれてありがとう。あのね……」

「奥様、ご歓談中申し訳ありません」

使用人が慌てた様子でやってきて、お義母様に何やら耳打ちした。

何かあったのかな？

さっきまで楽しそうだったお義母様の顔がどんどん険しくなっていく。

「厄介なことになったわね。今すぐ別宅を掃除しておいて。なんと言おうが、そこに押しこむわ」

「かしこまりました」

何やら不穏な指示を出すと、使用人は去っていった。

「何かあったんですか？」

「ノエルちゃんにはこれからすごく迷惑をかけることになっちゃうわ」

ひどく申し訳なさそうな顔をしてお義母様は言った。

「実はね……旦那様の弟一家がこちらに向かっているらしいの。その一家がまた厄介で……ヴィンスの女嫌いはそこから来ているのよ。ここ何年かは仕事で他国にいたけれど、突然帰国したようね」

「どう厄介なんですか？」

「ひと言で言うなら傲慢かしら。旦那様の弟は、母親にかなり甘やかされて育ったみたいで、なんでも自分の思い通りになるといまだに思っているし、クレイス公爵家が持つ権力やお金を今も使えると思っているの。彼は結婚して婿入りしているのに」

え、婿入りしてるのに、いまだに自分をクレイス家の人間だと思ってるの？

「その妻もなかなかでね、伯爵令嬢だったけれど、もともと私の旦那様のことが好きだったの。けれど、私と旦那様の婚約は幼少期に結ばれたもので、解消することはなかったの。彼女は仕方がないから彼の弟と結婚したけれど、今も私を恨んでいるし、会うたびに絡んでくるのよね」

女の嫉妬ってめんどくさいし怖いからなぁ。お義母様の憂い顔から察するに、相当大変な人なんだろうな……

「そして、ヴィンスの女嫌いの元凶であるふたりの娘。歳はノエルちゃんと一緒よ。ヴィンスに一目惚れしたみたいで、幼いころ嫌がるヴィンスを追いかけ回した挙句、つまずいて転んで額を切ったことがあるの。自業自得なのに、傷物にした責任を取れって母子共にうるさいのよ」

「うわぁ……」

なんとか我慢していたけれど、あまりの厄介さに耐えきれなくて思わず声が出た。勝手に怪我して責任取れは意味わからないでしょ。

「敷地内ではあるけれど、本宅には来ないように別宅に押しこむわ。けれど今回は本当に厄介よ。あの娘、結婚適正年齢になっているわ。あなたはできる限りヴィンスのそばにいてあげてね。なんなら追い出しちゃっていいわよ！」

そっか、私と同い年なら十八歳。多くの貴族令嬢が結婚する年齢だ。

「大体、なんで向こうの伯爵家じゃなくて、こっちに来るのよ。旦那様も旦那様。いくら家族とはいえ甘いわ！　ごめんなさいね、あの一家を迎え撃つためにも、もうお開きにしましょう。またお茶しましょうね」

「はい、ぜひ。今度はヴィンス様が小さいころの話を聞かせてください」

「ええ、もちろんよ！」

そう言ってお義母様は去っていった。入れ違いにヴィンス様が向こうから歩いてくる。

「あ、ヴィンス様！　ちょうどよかった、今お時間大丈夫ですか？」

「ああ、イレギュラーが起こって君を迎えにきたんだ。実は、父上の弟、つまり俺の叔父一家が明日来るという連絡がさっき入ったんだ」

「お義母様から少し聞きました。その一家の娘ってどんな人なんですか？」

私の質問にヴィンス様は顔を歪めた。いやなことを思い出しているかのようだ。

「あれは、そうだな……どことなくリリアに似たものを感じる。あの自分の正解が世の正解と言わんばかりの態度とか、特に似ている」

リリアに似てるってことは、だいぶめんどくさいじゃん。しかも今回はリリアと違って身分のある人間。

「どこで何をするにしてもベッタリで嫌気がさす。読書している隣で延々に話しかけてきて、俺が無視すると癇癪を起こすような人間だった……」

うわぁ、嫌すぎる！　対峙しなきゃいけないだろうけど、もうすでに気が滅入る。

「おまけに成長してからはいつも香水臭くてな。いつも吐き気を我慢していたんだが、母上に連れられていったお茶会で、あの強烈な香水とほかの令嬢の香水が混ざった結果、耐えきれなくなって失神したことがある」

小さいころのヴィンス様、本当にかわいそう！

でもわかる。香水って混ざると凶器だよね。

「それからというもの、香水が苦手になって、近寄ってくる女性を追い払っていたら、女嫌いのレッテルがついたんだ。それをいいことに、より冷たい態度で突き放していたんだがな」

「なんというか……大変でしたね」

とりあえず、背中をなでて労わる。

「あの女と違ってノエルは香水の匂いがしないからいい」

ヴィンス様は私を抱きしめ、首筋に頭を埋めて匂いを嗅ぐ。

お疲れ様の意味をこめて頭をなでた。

「私どんな匂いするんですか？」

「落ち着く匂いがする……。ほんのり花の匂いがする。おまけに薬学の研究をしているときは、薬草の匂いもするが、それはそれでスッキリする匂いだな」

臭くないならよかったけど、私って薬草の匂いがするときもあるんだ。せっかく頭が首のところにあるので、私もヴィンス様の匂いを嗅いでみた。あ、なんか爽やかな香りがする。

「あの女に何かされたらすぐ言ってくれ。俺もなるべくそばにいるようにするが、万が一があったら困る」

「了解です」

嫌なことを思い出したストレスから多少解放されたのか、ヴィンス様は私から離れるとそう言ってくれた。

めんどくさいことこの上ないけど、そのトラブル家族については結婚する前に知れてよかったかも。今回の訪問でこのゴタゴタが終わるといいな。

そして翌日。

例の厄介一家がやってきた、という知らせが、朝食が終わって間もない時間に入った。使用人たちがなんとか別宅に押しこんだけれど、あくまでも時間稼ぎにしかならないらしい。

「兄上！」

騒々しい声に、ついに来たかと思った。

お義父様が対応はこちらでするからと、ヴィンス様とふたりで逃げるように促す。

ヴィンス様に連れられて向かったのは図書室。クレイス公爵家は蔵書がとても豊富で、本棚が多く、死角もたくさんある。もし厄介いとこがここへ来ても、なんとか撒けるだろう。

ただ隠れて過ごすのももったいないので、好きな本を読む。

図書室ではセロとグレンも一緒だ。セロは静か、グレンは本の匂いが好きという理由で、初日から図書室でのんびりしているってヴィンス様が言ってたっけ。

椅子に座って本を読んだら、図書室に厄介いとこが入ってきた途端にバレるので、奥の本棚近くの床に座って、寝ているセロとグレンにふたりでもたれかかる。

セロたちがチラリと片目を開けて私たちを見た。だが、特に何も言わなかったので、もたれてもいいってことだろう。

しばらく聖獣二匹の寝息と、私たちふたりが本をめくる音だけが響く。

しかし、この居心地のいい静寂を破るように、大きな音を立てながら噂のヴィンス様のいとこが入ってきた。

「ヴィンスレット様ー！　どこですかぁ？」

「チッ、父上と母上の制止を振り切ってきたか？」

本棚の陰から様子を窺うと、ちょうど私たちの対角線上にいるのが見えた。いとことは反対周りで移動して隠れながら図書室から脱出する。

一緒についてきていたセロとグレンは、もっと静かな場所へ行くと言って去っていった。

「やっぱり突撃してきたか」

「できれば追い払いたいし、ヴィンス様への恋もスッパリ諦めてほしいですね」

「ああ、アレの問題をノエルと結婚したあとまで引きずりたくない。となると、逃げてばかりなのは得策ではないな」

ふたりで何かいい作戦はないかと考えこむ。

「とりあえず、私たちの仲の良さでも見せつけておきます？　愛されてるのは私だー！　って。自分で言うのも照れちゃいますけど」

「そうだな。あとは俺が一貫して冷たい態度を取り続けることくらいしか思いつかない」

一旦、その作戦でいこうという話になった。

私と叔父一家の対面は、おそらく今日の昼食。別宅で食べるように言われても、家族だからと突撃してくることを予想しているそうだ。


そして昼食の時間。

私とヴィンス様が一緒にダイニングルームへ行くと、案の定、叔父一家がすでに座っていた。突撃ですらなかった。

「ヴィンスレット！　その女はなんだ？　お前は我が娘と結婚するんだぞ！」

開口一番に喚き散らす男が叔父だろう。ヴィンスレット様やお義父様とは、まったくといっていいほど似ていない。顔の作りも多くの貴族のような華やかさはなく素朴だ。

「あなたは可愛いエミリを傷物にしたんですよ！」

その横で喚いているのが叔母かな。華やかな印象だが、その形相からすごく下品に見える。そして、その隣で啜り泣く真似をしている金髪碧眼がいとこのエミリか。顔立ちは母親似かな？

ヴィンス様は三人をガン無視して、叔父一家からなるべく離れた場所に私を座らせ、自分が壁になるように席に着いた。

叔父一家はギャンギャン喚いていたが、程なくしてお義父様とお義母様がやってきた。なんだかふたりとも、もうすでにくたびれている気がする。和やかな雰囲気とは言い難い状況で食事が始まった。

「兄上、あの女はなんですか？」

いとこが私を睨むように言ってきた。

「ヴィンスレットの婚約者のノエル嬢だ。ノエル嬢、これは弟のティム。その横にいるのが妻のメアリ。そしてその隣がエミリだ」

「お待ちください、伯父様。ヴィンスレット様の婚約者は私ですわ」

「何度も言うが、エミリ、そのような事実はない」

「ですが、ヴィンスレット様のせいでエミリは怪我をしたのですよ!?」

はっきり断言されてもなお、叔母は食い下がる。

「執拗にヴィンスレットを追いかけ回してた自業自得だ。それにノエル嬢との婚約は陛下も認めている。何があろうと覆らん」

「そんな！　ヴィンスレット様、おかわいそうに……」

「この婚約は俺が望んだものだ」

憐れまれたヴィンス様ははっきりと、そしてうざったそうに言った。

「いいえ。エミリはすべてわかっております……」

脳内お花畑系ってなんでこんなに怖いんだろう。

思考回路が違いすぎて理解できない。この場で悲劇のヒロインぶるのがすごいな。ヴィンス様はもちろん、お義父様たちはすごく冷たい目をしてるけど？

「お前、どこの令嬢だ？　家名は？」

「私は平民なので家名はありません」

叔父一家は唖然として室内はシーンとなった。

「正気ですか⁉　兄上！　平民を公爵家に入れるなんて！　しかもヴィンスレットはこの家の跡取り。妾ならまだしも正妻だなんて！」

「問題ない。ノエル嬢はたしかに平民だが、この国になくてはならない人間のひとり。そもそも公爵家の人間と結婚が認められるほどの功績がある、優秀な女性だ」

「だが……」

「くどいぞ、ティム！」

言い募ろうとした叔父をお義父様は一喝して黙らせる。

しかし、叔父一家は私のことを殺意のこもった目で見ていた。

そのまま食事は無言で進み、解散となった。ヴィンス様は今日は自由ということで、ふたりで少し中庭を散歩する。

「わぁ、きれいですね。天気もいいし、絶好のお散歩日和です！」

「そうだな。ノエル、こっちへ」

隣を歩いていたヴィンス様にいきなり腰を引き寄せられ、ピッタリとくっつく形になった。

「きゃあ！」

ドキッとすると同時に、どさっという音と悲鳴が聞こえた。見てみると、エミリが倒れていた。

なんか、いつだったか同じ状況になったことがある気がするなー。

「ヒック……痛い……」

いや自分で転んだんじゃん。

思わずそう言いそうになって、すんでのところで飲みこんだ。

「ちょっと！　うちの娘に何してるのよ！」

叔母が怒りながらやってくる。

「それがひとりで転んだだけだ」

「そんなはずないわ！　私は見ていたもの。その平民女が足を引っかけているのをね！」

もうやだ……他人に冤罪をふっかける手段って、足を引っかけられたふりして転がるしかないの？　思わず遠い目をしてしまったのは仕方のないことだと思う。

「何よその顔！　ふざけないで！」

「ヴィンス様が言ったことがすべてです。大体、足を引っかけたにしては、私とエミリ様は離れすぎかと。私はこうしてヴィンス様に抱き寄せられていますし、うしろにしか足が出せません。蹴り飛ばさない限り、あの位置で転ぶことはないでしょう」

開脚するか蹴り飛ばすかしないくらい距離が遠い。

……わざと転ぶ技術はリリアのほうが上だったな。リリアはギリギリを攻めるのがうまかった。

「キーッ！　行きましょう、エミリちゃん！」

敗北を悟ったのか、母子は去っていった。

「ああいう輩は足を引っかけるしか脳がないのか……？」

私も同じこと思ったよ、ヴィンス様。

そのあとも何度も何度もエミリは私たちに絡んできた。

その間、ずっと作戦通りにイチャイチャしまくる。恥ずかしくてやったことがなかったけれど、膝の上に乗って抱きしめ合ったり、あーんしてもらったり。

令嬢には刺激が強かったのか、エミリは顔を真っ赤にして怒り狂っていた。

はしたないと言われたけれど、「私平民なんで」と言って済ませる。

そんなやりとりを繰り返していると、ついにお義母様の堪忍袋の尾が切れた。

「いい加減にしなさい！」

やんややんやと何かにつけて私に文句を言ってくる叔父一家を、夕食時に一喝したのだ。

「ティム！　あなたはメアリの家に婿入りしたのだから、クレイス公爵家のことに口を出す権利はもうないわ！　いくら旦那様と血が繋がっていようとも他人なのよ！」

驚く叔父一家を尻目に、ビシィッと言い切る。

「メアリ、あなたもよ！　最初に説明したでしょう。このふたりの結婚は陛下も認めているの。王命の結婚と同義なのよ！」

お義母様の剣幕に全員息が詰まった。

「そしてエミリ！　何度言ったらわかるの？　あなたのその怪我は自業自得なの。いつまでも夢見てないで現実に目を向けなさい。ここ何日かで、このふたりがどれだけ想い合っているかわかったでしょう。あなたが間に入る余地なんてどこにもありません！」

お義母様は一通り怒鳴って息を切らしていた。終わったと思ったが、まだ物申したい相手が残っていた。

「そもそも旦那様よ！　いい加減にしてちょうだい。あなたが弟の愚行を許したせいで、ヴィンス、それにノエルちゃんにまで迷惑がかかったのよ。こんないい娘が嫁に来るのをやめてしまったらどうするつもり？　当主ならビシッと追い出しなさい！」

お義父様は怒鳴られて、ビクッと肩を震わせる。

「その通りだな。弟を甘やかした私が悪い。すまない、ノエル嬢」

「あ、いえ私は大丈夫です」

「ティム。お前は婿入りした身。お前の身分は伯爵だ。本来なら公爵家へのその横暴な態度は咎められるべきものだ。私が拒まなければいけなかった。出ていけ、ティム。お前たちの行いは目にあまる。今までは見逃してきたが、もうすぐヴィンスも嫁をもらう。お前たちとのことはここで終わりにしよう」

「あ、兄上……！」

「さっさと荷物をまとめて出ていけ。前伯爵家当主はいまだ存命。今回の件は前伯爵に抗議しない代わりに、クレイス公爵家にはもう関わるな。婿入りした先の家で、気まずい思いはしたくないだろう？」

その言葉に叔父は唇を噛み締め、私とヴィンスに向かって頭を下げた。

「私はもちろん、妻と娘が迷惑をかけました。申し訳ない。帰るぞ、ふたりとも」

そう言って、いまだに納得がいかない様子の妻と娘の腕を引いて去っていった。

それから程なくして、叔父一家は公爵邸から出ていったようだ。

お義母様はまだプリプリしていたが、彼女の機嫌は……まあお義父様が責任をもってなんとかするでしょう。それにしても、公爵夫人であるお義母様が声を荒げて怒鳴るなんて意外だったな。

いろいろとあったけど、なんとか一件落着だ。


今日はヴィンス様と街へ行くことになった。久々にのんびりとデートだ。

近い将来、ふたりで治める地だ。間近で見て知っておいたほうがいい。

動きやすく、きれいな目なワンピースに着替え、寝癖を直していく。ノエルの髪は癖毛だった優子の髪と違って、一度櫛を通せばツヤツヤサラサラになってありがたい。

髪型どうしようかな、と持ってきた宝石箱を見たけれど、髪飾りをつけるのはやっぱりやめた。

学園時代に壊された桜の髪留めは結局作り直していない。そのあといろいろあって、完全に忘れてたんだよね。

「ノエル？　俺だ。準備できたか？」

ノックの音に返事をすると、ヴィンス様が入ってきた。初めて一緒に出かけた豊穣祭のときのような格好だった。夜会のような装飾の多いキラキラした服装も似合っているけれど、こういうラフな格好だと素材のよさが目立ってまたカッコよく見える。

「ちょうどできたところです！」

本邸から街までは馬車で向かう。今の時期は気候も暖かく落ち着いていて、マーケットを開催しているらしく、まずはそこに行くことになった。

マーケットでは食べ物や雑貨や洋服などいろいろなものが売られているようで、説明を聞く感じだとヨーロッパのクリスマスマーケットみたいなもののようだ。

今、私は働いていてお金もあるし、いいものあったら買っちゃおうかな！

マーケット会場から少し離れたところで、馬車から降りる。

「わぁ、すごい！」

まだ朝に近い時間にもかかわらず、かなり賑わっていた。

「離れないようにな。何か見たいものはあるか？　なければ順番に見ていこう」

「んー……特にないので順番に行きましょう！」

ヴィンス様と手を繋いで、お店をひとつひとつ見て回る。いくつか見ていくと、布を売っているお店を見つけた。

「すごいきれいな織物ですね」

「ああ、クレイス領は紡織業が盛んだからな。気に入ったものがあれば買って、服を仕立ててもらおう」

ヴィンス様の提案に素直にうなずく。こういう行為は無碍にしちゃダメって、ミリアに散々教わってから素直に受け取ることにしたんだ。

それにしても、ため息が出るくらい美しい。肌触りがよくて、きれいな色で染められている。中には複雑な模様になっているものもある。あ、リボンも売ってる。細かい刺繍を施していてすごく可愛い。髪留めがわりに一本買おうかなぁ。

「リボンか？」

どのリボンにしようか迷っていると、ヴィンス様が話しかけてきた。

「はい。髪留めがわりにしようかと思って。髪もだいぶ伸びましたし」

「たしかに、かなり伸びたな」

今私の髪は腰近くまで伸びている。前にヴィンス様が褒めてくれたこともあって、切るのがもったいなくて伸ばしたままだ。

「これとかどうだ？」

そう言ってヴィンス様が手に取ったのは、シルバーの糸で繊細な刺繍を施していて、小さな石を縫い付けた深い青色のリボンだった。

「わっ、きれいな色と刺繍！　なんの石だろう？」

「小粒だがサファイアだ。古代から賢者の石とも言われている、誠実、慈愛、徳望といった意味を持つ宝石だ。石言葉も含め、知性溢れるノエルにふさわしいと思ってな」

「サファイア……」

太陽の光に反射してキラキラと輝く宝石がついたリボンから目が離せない。

「俺に贈らせてくれないか？　青は俺の色でもあるしな」

「じゃ、じゃあお言葉に甘えて……」

私がうなずくと、ヴィンス様はリボンと髪を結べそうなゴムも一緒に購入する。

ひとつに髪を括ってリボンを上からつけた。

「どうですか？　似合います？」

くるりとうしろを向き、ヴィンス様に見せる。

「ああ、よく似合っている」

うれしそうなヴィンス様に私まで同じ気持ちになる。これからは壊れてしまった桜の髪留めの代わりにこれをつけようっと。

せっかくだし、私もヴィンス様に何か贈りたい。リボンは違うし、何がいいだろうか……私のリボンみたいに、いつも身につけてもらえるようなものがいいなぁ。

「うーん……」

「どうした？」

あまりにも唸っているからか、ヴィンス様が怪訝そうに顔を覗きこんできた。

「ヴィンス様に何か私も贈りたいなって思って。できれば装飾品がいいんです」

「俺に？」

「はい。いつも私ばっかりもらってますから。私だってちゃんと働いてますし、それなりに給料ももらってるんですから」

だから拒否はなしです！　そう言うと、ヴィンス様はくすくす笑ってわかったとうなずく。

そこからふたりで何がいいかとお店を順番に見ていく。

「あ、これどうですか？」

私が手に取ったのは、イエロートパーズが一粒ついたシンプルなピアスだった。

「トパーズか」

「はい。太陽の石とも呼ばれる石。希望や成功といった石言葉を持っています。ヴィンス様の輝かしい未来を願って。それに、この色は私の色ですから！」

「たしかに、ノエルの色だ。いいな、これくらいシンプルなピアスなら毎日つけられる」

「じゃあ、これにしますね！　あ、ヴィンス様って、ピアスホールは空いてましたよね？」

よかった。空いてないのにピアスを贈るのもどうかと思うからね。

お店の人に声をかけてイエロートパーズのピアスを購入した。天然石ということもあって、少し高めだけど、せっかくのプレゼントだし、奮発だ。

「はい、ヴィンス様。いつもありがとうございます。これからもよろしくお願いしますね！」

「ありがとう、ノエル。こちらこそよろしく頼む」

ヴィンス様はその場でピアスをつけてくれた。青と黄色のコントラストがきれいで、私の瞳と同じ色のものを身につけているのを見て、なんだかむず痒い気持ちになる。

お昼近くになって人がさらに増えてきたため、サンドウィッチを購入し、マーケットから少し離れたところで一旦休憩することになった。

「はあ、楽しいですね、ヴィンス様！」

「ああ、よかった。幼いころに来たっきりで、マーケットはかなり久しぶりだったから、俺も楽しかった」

ベンチに座って話しながら昼食を取った。

購入したサンドウィッチはお肉が入っていてかなり食べ応えがあり、しっかり満腹だ。

「おいしかった！　次はどこに行きます？」

「そうだな、街の中心に行くとショッピングストリートに辿り着く。マーケットとはまた違う雰囲気のものを売っているし、女性が好きそうなカフェもあると母上が言っていた。そこへ行くのはどうだ？」

「行きましょう！」

マーケットもだが、ショッピングストリートもまたかなりの賑わいだった。

「寄りたい店があるんだが、いいか？」

「あ、もちろんです！」

ヴィンス様の寄りたい店とは宝飾店だった。奥の店員と話し始めたので、私はディスプレイを見てブラブラしていた。あ、あのネックレス可愛い。

お店の中を自由に見ていると、ヴィンス様が戻ってきた。

「すまない、待たせたな」

「いえ、大丈夫です。店員さんとは何を話していたんですか？」

「あとで教える。さあ、次へ行こう」

ヴィンス様に促されてお店の外へ出て、ウィンドウショッピングを楽しむ。

それからお義母様おすすめのカフェに入り、私はフルーツケーキと紅茶のセットを、ヴィンス様は甘いのが得意ではないからとコーヒーを頼んだ。

「んー、おいしいです！　紅茶もいい香り」

みずみずしいフルーツに重すぎない生クリームとふわふわのスポンジ。さすが公爵夫人がすすめたお店。頬が落ちそうなくらいおいしいケーキだ。

「よかった。今日、街を歩いてみてどうだった？」

「活気があっていいなと思いました。マーケットもショッピングストリートも人がたくさんいて、ゆっくり買い物を楽しめるゆとりがここの人たちにはあるんだなって。それに人が多いと犯罪が起きやすくなりますが、そんな様子はなくて、王都に負けないくらい治安がいいんですね」

「ああ、治安維持には父上がかなり力を入れているからな。平民がいてこその貴族だ。彼らに心も体もゆとりのある状態を維持できるかどうかは領主次第だからな。ゆとりのない生活は作業効率が下がるし、不満が生まれやすい。搾り取ればいいという話ではないんだ」

領民思いの貴族だなと純粋に思った。搾り取れるだけ搾り取る領主もいるが、彼らはそうじゃない選択をして成功している。これは実現させようとしても、意外と難しいことじゃないかな。

日が暮れ始めたころにお店を出て、ヴィンス様が最後に行きたいという場所へ向かった。

「ここは俺のお気に入りで、ここから街の様子がよく見えるんだ」

そこは夕暮れに染まった街並みが一望できる、領主邸の近くにある高台だった。

「わぁ、きれい……」

「ノエル」

高台からの景色に見惚れていると、真剣な声色のヴィンス様に呼ばれて、私は振り返った。

「それって……」

ヴィンス様が持っていたのは指輪だった。もしかしてさっきの宝飾店で……

「婚約自体バタバタしたものだったし、婚約指輪を用意するのが遅くなって悪かった。改めて言わせてほしい。これからの人生、俺とともに歩んでくれないか？　ノエル、結婚してくれ」

差し出されたヴィンス様の手に自分の手を重ねる。

「はい！　喜んで！」

熱く抱擁を交わす私たちを、影だけが見ていた。

この作品に対する皆様のご意見・ご感想をお待ちしております。
おハガキ・お手紙は以下の宛先にお送りください。

【宛先】
〒 150-6019 東京都渋谷区恵比寿 4-20-3 恵比寿ｶﾞｰﾃﾞﾝﾌﾟﾚｲｽﾀﾜｰ 19F
（株）アルファポリス　書籍感想係

メールフォームでのご意見・ご感想は右のＱＲコードから、
あるいは以下のワードで検索をかけてください。

アルファポリス　書籍の感想　検索

ご感想はこちらから

本書は、「アルファポリス」（https://www.alphapolis.co.jp/）に掲載されていたものを、
改題、改稿、加筆のうえ、書籍化したものです。

転生《てんせい》して捨《す》てられたけど、女嫌《おんなぎら》いの公爵《こうしゃく》家《け》嫡男《ちゃくなん》に気《き》に入《い》られました

Nau（なう）

2024年 12月 31日初版発行

編集－境田 陽・森 順子
編集長－倉持真理
発行者－梶本雄介
発行所－株式会社アルファポリス
〒150-6019 東京都渋谷区恵比寿4-20-3 恵比寿ｶﾞｰﾃﾞﾝﾌﾟﾚｲｽﾀﾜｰ19F
TEL 03-6277-1601（営業） 03-6277-1602（編集）
URL https://www.alphapolis.co.jp/
発売元－株式会社星雲社（共同出版社・流通責任出版社）
〒112-0005 東京都文京区水道1-3-30
TEL 03-3868-3275
装丁・本文イラスト－あいを
装丁デザイン－AFTERGLOW
（レーベルフォーマットデザイン－ansyyqdesign）
印刷－中央精版印刷株式会社

価格はカバーに表示されてあります。
落丁乱丁の場合はアルファポリスまでご連絡ください。
送料は小社負担でお取り替えします。

ISBN978-4-434-35027-6 C0093